KB057894

아는 사람만
끼리끼리 먹는

아는 사람만
끼리끼리 먹는

글 이현수 : 그림 이정웅

ㄴㄴ 〉 〈 ㄷㄴ

차례

작가의 말

고백한다.

나는 요리할 때마다 교활했다.

내 요리가 먹는 사람의 눈과 마음에 각인되게끔 치밀하게 계산했다. 아이들이 어릴 때 어디서도 먹을 수 없는 엄마표 요리를 개발하느라 내 딴엔 노력했다. 훗날 너희가 어느 곳에 살든, 비가 오거나 바람이 불면 엄마표 요리를 몸살처럼 떠올리기를 바라며 통계피의 매운 향을 빌려오고 거피한 들깻가루를 흩어 뿌리고 뽀얀 잣알을 일일이 눌러 으깼다. 고기에 불맛을 입히기 위해 숯불과 같은 온도로 그릴의 버튼을 교묘히 조절하는 수고도 아끼지 않았다. 그것을 알기까지 많은 시간을 투자했고 나쁜 머리를 바삐 굴려야 했으며 내 헐한 손을 쉼 없이 놀리는 고되고 지난한 과정이었으니, 설령 의도가 삿되었다곤 해도 진정성까지 의심하지는 말아라, 나의 아이야.

말에도 맛이 있다.

자, 그럼 여기서 고들빼기를 떠올려보자.

고들빼기라고 말하는 순간 쌉싸래한 맛이 입천장을 자극해 침이 괸다. 모든 음식은 저마다 어타 음식이 넘볼 수 없는 고유한 맛을 지니고 있다. 고들빼기의 맛과 고들빼기라는 이름이 어쩜 그리도 잘 어울리는지. 누구도 쌉싸래한 이 맛에 고들빼기 외의 다른 이름을 붙이지는 못하리.

다시마는 또 어떤가.

다시마라고 부를 때 혀끝에 부드럽게 말리는 발음. 고들빼기와는 다른 깊디깊은 암갈색. 그 기품 있는 암갈색이 다시마라는 이름과 만나면 더할 나위 없이 시원한 맛으로 다가와 쓰린 속을 달래준다. 석양이 지는 저녁 무렵에 보글보글 끓는 매운탕 냄비 앞에 서 있으면 요리에 섞이지 못하고 겉도는 게 보인다. 그건 물론 다시마다. 여러 야채와 생선이 어우러져 맛을 내는데 다시마만 퉁퉁 불은 몰골로 국물에 어중간하게 떠 있다. 내가 가진 바다의 맛을 모두 주었으니 제발 건져달라고 통사정하는 얼굴이다. 기꺼이 씹히지 못하고 국물 맛을 내는 데 잠깐 사용되다 버려지는 다시마는 그래서 그 이름이나 맛에 비릿한 슬픔의 기운이 감돈다.

그런가 하면 나이에 따라 미각도 달라진다. 십대와 이십대는 단맛에 홀리기 쉽고 삼십대와 사십대는 신맛이 당기고 오십대는 쓴맛에 혀가 움직인다. 이토록 간사한 혀와 입맛이라니……

새하얀 식탁보가 깔린 식탁 가운데 도도하게 오른 주요리에 시선을 빼앗긴다면 그대는 기운찬 젊은이가 분명하다. 밑반찬에 눈길이 가는 사람, 오로지 제 가진 한 가지 맛을 고수하며 식탁 가장자리에 줄기차게 오르는 밑반찬에 젓가락이 자주 간다면, 나는 그대가 진정 무섭다. 그대는 대단한 고수이거나 기운이 없는 사람, 천성적으로 사려 깊거나 앞에 나서는 걸 꺼리는 사람, 실패만 되풀이하는 운이라곤 눈곱만큼도 없는 사람이다.

이 글을 읽을 그대, 내 판단이 너무 혹독한가?

요리는 원래 혹독한 것이다. 냉정하게 밑간하고 두 번 이상 뚜껑을 열지 말아야 국물 맛이 유지되는 것도 있다. 하여, 요리가 곧 인생이다.

2018년 11월

이현수

다니자키 준이치로의 감잎초밥
& 충북 영동의 감잎초밥

에로티시즘의 대가 '다니자키 준이치로'는 일본의 대표적인 미식가다. 그가 삼십대에 발표한 「미식구락부」에는 다섯 명의 미식가가 도쿄 모처에 모여 앉아 호사의 극치를 누리며 궁극의 요리를 희구하는 모습이 그로테스크하게 묘사되어 있다. 무서울 만큼 잘 연마된 다니자키의 감각이 문장에 고스란히 나타난다. 그의 이런 악마주의적인 망상은 중년에 이르러 사라지고 이후에는 전통 미학으로 회귀한 듯 보인다.

또한 그는 「음예예찬陰翳禮讚」이라는 에세이에서 "서양식 형

광등 아래서는 양갱의 색상과 깊이의 미묘함을 느낄 수 없다. 어두컴컴한 실내에서 한 개의 달착지근한 덩어리가 혀끝에서 녹는 것을 느끼는 것이 무엇보다 중요하다. 그러므로 일본 그릇은 도기가 아니라 반드시 칠기여야 한다"라고 주장한다. 다니자키는 일본 요리의 본질은 먹는 것이 아니라 보는 것이라는 속설을 받아들이지 않으며, 요리란 훌륭한 명상을 하게 만든다고 설파한다. 감잎초밥에 관한 얘기는 본론이 한차례 지나간 뒤 마지막 부분에 나온다.

"쌀을 씻어 안친 후 김이 오를 때쯤 술을 넣는다. 밥이 되면 식을 때까지 그대로 놔둔 후 손바닥에 소금을 묻혀 밥을 꼭꼭 뭉치는데 손에 수분이 있어서는 안 된다. 얇게 썬 연어자반을 밥 위에 얹고 감잎으로 감싼다. 이때 감잎에도 수분이 남아 있으면 안 된다. 이렇게 완성된 초밥을 밥통에 채워 누름돌을 얹어둔다. 먹을 때는 여뀌 잎에 식초를 살짝 찍어 뿌리면 좋다. 이튿날 먹어도 좋지만 2, 3일 후에 먹으면 더욱 맛이 좋다"라고 다니자키는 감잎초밥의 레시피를 상세히 소개한다. 아마도 감잎이 방부제 역할을 하는 듯했다.

나는 감이 흔한 곳에서 자랐지만 감잎을 식재료로 쓴 기억이 없다. 혹 연잎이면 몰라도. 그의 글을 읽으며 이내 어린 날 누군가를 따라 절에 갔던 기억, 그 절에서 먹은 연잎에 싸인 오곡밥이 떠올랐다. 얌전히 묶인 연잎을 풀자 꽃처럼 피어나던 가무레한 찰밥. 젓가락으로 밥덩어리를 헤적이며 잣과 호두 같은 고명을 골라먹던 내게 누군가가 일러주었던 말.

"연잎밥은 그렇게 먹는 게 아냐."

연잎밥을 손에 쥐고 마주앉은 사람을 흘겨보는 것처럼 눈을 흡뜬 채 한입 크게 베어 먹었던 기억이 새록새록 났다.

나는 감잎초밥을 만들어보기로 했다. 고향에 가서 반드시 감잎을 따오리라 다짐했다. 늦가을 충북 영동엘 한번 가보라. 거리 곳곳에 환하게 켜진 램프처럼 붉게 익은 감들이 가로수 가지마다 휘어지게 달려 있다. 영동은 감으로써 비로소 그 풍경이 완성되는 곳이다. 나는 가장 맛있는 감이 달리는 나무를

알고 있다. 하여 그 감나무에서 보드라운 감잎을 수북이 땄다. 마트에서 사온 연어에 소금을 한 꼬집 넣어 염장을 하며 내 뒷덜미를 가볍게 노크하는 것 같은 마치 "영혼이 셀로판지처럼 얇디얇게 분리되는"(명지현,『교군의 맛』, 현대문학, 2012) 듯한 섬세한 맛을 기대했다. 그러나 레시피에 적힌 대로 충실히 따랐음에도 이상하게 그 맛이 나질 않았다.

실수했나 싶어서 밥을 다시 해 식혔고 감잎에 남은 수분도 꼼꼼히 걷었다. 손이 따듯한 편이라 이번엔 손의 열기를 얼음으로 식힌 뒤 밥을 뭉쳤다. 그런데도 감잎의 떫은맛이 밥에서 배어났다. 혹시 작가 특유의 뻥이나 구라가 아닐까? 하지만 적어도 그 책엔 다니자키의 진실이 담겨져 있었다. 다니자키는 감잎초밥이 입맛에 맞아 가으내 이것만 먹고 지냈다 했는데……

책에는 "소금의 짭쪼름한 맛이 배어 있어 연어는 오히려 날것처럼 부드러웠다. 그 맛을 뭐라 이루 표현할 말이 없다"라고 적혀 있었다. 소금을 많이 치거나 오래 절이지 않았는데도 내가 만든 염장연어는 질깃한 감이 있었다.

나는 떫은 냄새가 감도는 감잎초밥을 쓰레기통에 버리며 후회했다. 회전 초밥 전문점에서 초밥이나 사 먹을 것을. 그러곤 생각했다. 구세대의 입맛이어서 그럴 거라고. 세상은 변하고 입맛도 따라 진화한다. 글맛이 시대마다 다르게 느껴지듯이. 그 시절엔 감잎초밥이 맛났겠지만 지금은 그렇지 않을 것이다. 나는 앞으로 작가들의 레시피를 보고 음식을 따라 만들지 않기로 했다. 그게 무엇이든, 내게 처참한 실패만 가져다줄 게 분명하기에.

고사리
조기찜

뭘 해 먹을까. 냉장고 문을 여니 지난 설에 쓰고 남은 고사리 뭉치가 보인다. 그대로 뒀다간 변질될 것 같아 꺼냈더니 고사리가 속살속살 말을 걸어온다. 미나리, 고사리, 콩나물, 쑥갓…… 채소는 다들 이름이 순하고 예쁘다. 콩나물은 콩나물처럼 생겼고 쑥갓은 쑥갓처럼 생겨서 입에 착착 붙는 반면, 삼치, 꽁치, 갈치 같은 생선은 하나같이 뻣뻣하고 이름이 공격적이다. 비늘 달린 것들이라 그럴까. 고사리를 불리려고 물을 받는데 양푼 위로 무주댁 할머니 얼굴이 둥실 떠오른다. 가끔씩 비늘이 솟는 할머니.

산고사리 잘 꺾기로는 동네에서 무주댁을 따라갈 사람이 없다. 허리가 잘록한 무주댁은 얼굴도 예쁘고 노래도 잘하고 밀주도 귀신같이 잘 담그고 상말도 잘했다. 어쩌다 일가붙이가 모여 사는 고향에 가면 "에혜이 텄네, 텄어. 여자가 저래 안경을 썼으니 어느 집에서 좋다 할꼬. 쟈 팔자도 인자는 베러부렀어"라며 갓 중학생이 된 내 앞날을 다른 할머니들은 매우 비관적으로 논하는데, 무주댁은 달랐다. "와따다다, 이기 뉘기여. 우리 강생이 왔네. 어데 함 보자. 젖몽오리가 몽글몽글 생기는 것이 아당시리 컸다이." 이렇게 살가운 무주댁이 나는 좋았다.

곧 죽어도 몸뻬는 입지 않고 연두색 한복 치마만 고집하던 무주댁. 허리띠로 한복 치마를 잘끈 동여매고 산그늘에서 고사리를 꺾던 무주댁이 자주 부르던 노래가 〈진주 난봉가〉였다. 노래에 취하고 봄볕에 취하면 앞 춤이 불룩하도록 꺾은 고사리를 패대기치며 동네를 한번씩 뒤집었다.

"아이고, 아이고. 목이 짜름한 오리궁뎅이 남동댁도, 짝다리 양지 뜰 샛골댁도 다들 턱 받치고 부부 동반 장 나들이를 가는

데······ 아이고, 아이고. 길바닥에 싸갈긴 소똥만도 못한 이 내
신세."

　작은할아버지 재취로 들어온 무주댁은 초년 과부가 되었다.
초취에서도 한 점 혈육이 없어 큰댁 둘째를 양자로 들였으나,
일찍이 도시로 나가 공부하느라 얼굴 보기 힘들었다. 평생을
독수공방, 공방살이 원수라며 장터에 나가면 헤실헤실 풀어
지는 통에 대소가 어른들의 단속이 지엄했다. 본데없고 상스
럽다며 동서들도 따돌리기 일쑤여서 안골 샘에서 혼자 빨래
할 때가 많았다. 나는 무주댁이 서울로 도망가길 바랐다. 올해
는 갔을까, 내년엔 도망을 갈까 기대하다가 어느 해부턴가 희
망을 접었다. 갈 때마다 무주댁은 언제나 그 자리. 잘난 집성
촌이 한 여자의 일생을 뭉개버린 경우였다.

　무주댁은 우그러진 양은 냄비에 고사리조기찜을 자작자작
잘도 끓였다. 깊은 밤 베개를 안고 무주댁의 집으로 숨어들면
물큰하게 풍기던 술지게미 냄새. 젓가락으로 바른 조기의 연

한 살점을 고사리로 휘휘 감아 내 입으로도 한 숟갈 쪽, 당신
도 술안주로 한 숟갈 쪽. 이래도 한세상 저래도 한세상~ 홀로
부르는 무주댁의 기나긴 노래에 별도 달도 숨죽이던 그 밤들.

　고사리조기찜의 주재료인 고사리는 논고사리, 밭고사리, 재
배고사리, 섬고사리 등 종류가 다양한데 맛과 영양은 산고사
리가 으뜸이다. 고사리는 칼륨과 칼슘 같은 무기질이 풍부한
반면 비타민 B_1을 분해하는 효소가 들어 있다. 이것을 보충해
주고 고사리의 풍미를 더하기 위해 부재료로 조기를 쓴다. 하
여 여기 들어가는 조기는 자잘해도 무방하다.

준비물
고사리, 조기 6마리, 납작하게 썬 무, 고춧가루, 멸치액젓,
풋고추, 파, 마늘, 생강.

1. 마른 고사리를 불릴 땐 물을 자주 갈아준다.
2. 고춧가루에 액젓과 생강을 섞어 양념장을 만든다.

고사리조기찜

3. 고사리와 무에 준비한 양념장을 넣고 충분히 볶아준다. 그래야 양념 맛이 좋고 국물이 진하다. 고사리와 나중에 투입할 조기에 진한 국물이 착 감겨들게 하기 위해 볶는 것이다.

4. 무가 절반 정도 익었을 때 조기를 넣고 물은 조기 몸통이 절반쯤 잠기게 붓는다. 물의 양이 적으면 조기가 퍽퍽하고 많으면 깊은 맛이 없다. 그런 후 중불로 15분 정도 가열하는데, 뚜껑을 닫고 끓이기 때문에 수시로 양념을 끼얹지 않아도 된다.

5. 국물이 자작하게 졸아들 무렵 파＋마늘＋풋고추를 넣고 한 소끔 끓이면 무주댁의 필살 메뉴, 고사리조기찜이 완성된다.

뜬비지찌개
& 발효비지

고백하자면 윤복희의 노래는 내 취향이 아니다. 감동하기 전에 미리 감동을 요구하는 듯한 그녀의 제스처가 어쩐지 부담스러웠다. 작은 체구에서 뿜어내는 어마어마한 성량, 꽉 쥐어짠 행주처럼 얼굴을 일그러뜨리며 혼신의 힘으로 부르는 그녀의 노래는 경건했으나 듣고 나면 가슴에 납덩이를 하나 올려놓은 것 같아 부러 멀리했었다. 반복되는 일상도 무거운데 노래까지 무거워서야, 대략 이런 마음이었다.

그때 나는 밤샘 작업을 할 요량으로 주방에서 뜬비지찌개를 끓이고 있었다. 자정이 넘은 시간, 장편 연재 마감이 코앞이라 아파도 안 되고 잠도 줄여야 했다. 시간을 분 단위로 나눠 쓰던 참이어서 티브이를 곁눈질할 틈은 더더욱 없었다. 티브이를 켜둔 것은 야식을 만드는 동안 긴장된 신경을 잠깐이나마 풀어주기 위해서였다. 발효 비지를 냄비에 막 투하하던 순간, 티브이에서 윤복희의 노래가 흘러나왔다.

그녀의 노래가 어딘지 모르게 달라진 듯했다. 거실의 전등을 끄고, 커튼을 내리고, 티브이의 음량을 한껏 줄여서 그런가. 젊은 시절의 윤기 흐르던 그 목소리가 아니었다. 목감기에 걸린 것처럼 거칠한 목소리로 흐느적거리며 〈여러분〉을 부르는데, 짙은 재즈의 냄새가 스멀스멀 풍겼다. 어둠 가득 켜켜이 내려앉은 묵은 그리움, 서서히 밀려오던 파도가 눈앞에서 정신없이 휘몰아치다가 산산이 부서졌다. 완급 조절, 혀와 입의 힘 분배가 예술이었다. 그녀는 늦은 밤 돌아와 거울 앞에 선 누이와 같은 자세로 끝없는 자기 갱신과 진화를 거듭하고 있었다.

그날 노래에 빠져든 탓에, 야식으로 먹으려 한 찌개가 흘러넘쳐 가스레인지에 홍수가 났다. 밤샘 작업은 했으나, 원고에 완전히 몰입하지 못해 이튿날에는 컴퓨터 자판을 2배속으로 두드려야 했다. 원고를 미리 써두면 좋지만, 벼락치기 공부에 길들여져 마감이라는 배수의 진을 쳐야 능률이 부쩍 오르니 어쩌겠나.

나는 대사가 있는 날 특별한 요리를 하지 않는다. 아이들의 수능 당일 아침 식단과 점심 도시락도 집에서 항상 먹던 평범한 메뉴를 택했다. 심신이 긴장된 아이들에게 특별식을 제공해 위장에 부담을 주어서는 안 되기 때문이다. 특별식은 시험을 치른 뒤 저녁에 제공해도 충분하다. 마감을 앞둔 날 야식으로 뜬비지찌개를 선택한 것도 이와 같은 이유에서다. 내가 어려서 자주 먹던 요리가 뜬비지찌개였다.

꼭 이맘때, 학교 파하고 집에 오면 뚜껑이 닫힌 연탄불 위에서 뜬비지찌개가 은근하게 끓고 있었다. 봄동겉절이와 달래

무침 등 봄나물 일색인 식탁에 뜬비지찌개를 올리면 별안간 밥상이 수런거리며 그들먹해진다. 뜨거운 밥에 봄동겉절이를 넣고 찌개를 훌훌 끼얹어 비비면 둘이 먹다 하나가 죽어도 모른다. 청국장처럼 오래 발효시킨 뜬비지는 생비지보다 부드럽고, 고소한 콩비지의 향이 봄나물의 풋내를 잡아주기 때문에 뜬비지찌개는 초봄에 어울리는 요리일 뿐만 아니라 소화에도 그만이다.

두부를 만들 때 콩물을 짜고 남은 것이 비지다. 찌꺼기 음식이라고 무시하지 마시라. 발효 비지는 시중에서 구하기 어렵다. 나는 이것을 결혼 초기엔 고향에서 공수해 먹었으나 지금은 인터넷으로 구입한다. 뜬비지찌개를 파는 식당이 귀하므로 손수 만드는 게 정석. 뜬비지찌개를 끓일 때는 껍데기가 붙은 돼지 앞다리 살이 좋다. 고기에 다진 파+마늘+후추+간장을 넣고 참기름에 달달 볶다가 송송 썬 김장김치를 1/4쪽 투입한 뒤 냄비에 멸치 육수를 헐렁할 정도로 붓는다. 육수가 끓을 때 발효 비지를 한 덩어리 넣고 새우젓으로 간해야 뒷맛이 깔끔하다(비지는 끓일수록 불어나니 당신이 생각한 양보다 언제나 한 줌 정도 적게 넣을 것). 발효 비지는 청국장 맛이 나므로 뜬비지찌개를 먹은 것이 동네방네 소문 안 나려면 먹은 뒤 반드시 환기시킬 것.

윤복희의 노래를 듣는 날엔 꼭 뜬비지찌개를 먹어야 한다(왜 그런지는 먹어보면 안다). 예술, 그까짓 게 다 뭐냐? 온몸으로 뿜어내는 뜨거운 열기, 입가에 여전한 검은 점, 얼굴을 장식한 위엄 있는 주름들, 그녀만의 아름다운 연륜, 그리고 철학. 그녀의 앙상한 정강이에서도 노래가 마디마디 흘러나온다. 이런 아티스트가 우리 가까이에 있다는 걸 항상 고마워하자.

며칠 전 윤복희의 트위터에 침대에서 편안히 누운 채 쭉 곧은 두 다리가 엇갈린 모습을 셀카봉으로 찍은 그녀의 사진이 올라왔다. 그 위에는 "일흔 살이다! 하하하!"라는 글이 적혀 있다. 이토록 유쾌 상쾌 통쾌한 칠순의 젊은이라니! 인터넷으로 주문한 발효 비지가 아직 한 덩어리 남았다. 오늘 저녁엔

윤복희의 〈왜 돌아보오〉를 들으며 뜬비지찌개를 한 뚝배기 먹어야겠다. 봄동겉절이가 없어도 왠지 맛날 것 같다. 파릇파릇, 봄이다.

가죽자반
&가죽장아찌

내게 작은 뜰이 있다면 그곳에 가죽나무와 호두나무를 심겠다. 세월이 흘러 무성한 나무그늘 때문에 식용으로 쓸 단 한 그루의 나무만 허용된다면 한 치의 망설임도 없이 호두나무를 베어내겠다. 호두가 얼마나 좋은지 잘 알지만 나는 가죽나무를 선택할 것이다. 가죽은 널리 먹는 음식이 아니라 아는 사람만 끼리끼리 먹는 천하 귀물이기 때문이다.

가죽나무는 참가죽과 개가죽이 있는데 식용으로 쓰는 것은 참가죽이다. 나는 충북 영동 출신인데도 방안 풍수여서 산속에선 그 둘을 정확하게 구분하지 못한다. 3월~6월에 나무에서 올라오는 햇잎을 채취해 나물로 쓴다. 가죽나물은 시장에 잠깐 나왔다 사라지는 물건이므로 부지런해야 된다. 반들반들 윤이 나는 가죽나물이 채소들 가운데 이물스레 섞여 있으면 횡재한 기분이다. 하여 보는 족족 구입한다. 어느 해에는 가죽을 사러 경남 하동까지 내려간 적도 있다. 이것으로 만든 건 뭐든 맛나지만 하이라이트는 단연 가죽자반(가죽부각)이다.

내가 가죽자반과 처음 대면한 것은 초등학교 2학년 때다. 학교를 마치고 집에 오니 평소에 못 보던 것이 빨랫줄에 줄줄이 걸려 있는 게 아닌가. 두릅보다 크고 시래기보다는 작은, 정체불명의 식물이 붉디붉은 찹쌀풀을 덮어쓴 채 마당에서 꾸덕꾸덕 말라가고 있었다. 겉면이 반질반질한 게 맛나 보여서 한 입에 넣었더니 오, 그 신이한 맛의 세계라니!

첫맛은 달고, 쓴맛이 느지막이 올라왔다. 그러다 쫀득한 찹쌀풀이 혀를 넓게 감싸며 쓴맛을 지그시 눌러주었다. 마지막에 느껴지던 가죽의 오묘한 향취! 맛이 절정일 때 먹었던 것이다. 가죽자반은 곶감과 비슷하다. 꾸덕꾸덕 덜 말랐을 때 가장 맛나다. 반건시를 생각해보라. 그뒤 사찰에서 먹을 기회가 여러 번 있었는데 이때만큼 나를 사로잡지 못했다. 완전히 건조한데다 고춧가루와 물엿을 넣지 않아서 쓴맛이 지나치게 강했기 때문이다.

가죽은 맛이 쓰고 떫으며 성질이 차다. 중국 당나라 진장기陳藏器의 『본초습유本草拾遺』에는 간과 대장, 위장에 좋고 항균, 항암 작용을 한다고 쓰여 있다. 사찰에선 오래전부터 가죽으로 만든 음식을 다양하게 먹어왔다. 가죽의 매력, 가죽의 향취, 가죽의 오묘함에 관해 자세히 쓰려면 원고지 100장도 모자란다. 짧게 표현하면, 몰래 감춰뒀다가 미운 이는 절대 안 주고 예쁜 사람한테만 내어주고 싶은 것이 가죽자반이다. 그만큼 손이 많이 간다.

1. 연한 가죽 줄기를 끓는 소금물에 데쳐 꾸덕꾸덕 말린다.

2. 흰 찹쌀풀(찹쌀가루+물)을 쑤어 줄기 겉면에 고루 바른 후 3~4일 말린다.

3. 2를 한번 더 반복.

4. 붉은 찹쌀풀(물에 푼 찹쌀가루에 고운 고춧가루+소금+물엿 +통깨)을 쑤어 줄기 겉면에 고루 바른 뒤 햇볕에 말린다. 이 렇게 완성된 가죽자반을 참기름에 굽거나 낮은 온도의 기름 에 튀겨 투박한 옹기나 도기에 담아내면 된다. 단, 나는 가죽 자반이 반건조 상태일 때 잘라서 그대로 먹는다.

가죽의 향을 온전히 느끼려면 장아찌로 먹는데 봄에 나오는 연한 잎으로 담그는 게 좋다. 초여름에 나오는 것은 잎이 억세 서 소금에 절이면 짜기 십상이다. 두툼하게 묶인 단으로 한 단 사서 담그면 4인 가족이 먹기에 알맞다. 씻어서 물기를 뺀 가 죽나물에 고추장+고춧가루+다진 마늘+참기름+매실 액+진 간장+깨소금+물엿을 넣고 버무린다. 이때 고추장과 진간장 의 염도에 주의할 것. 간이 짜면 본연의 풍미가 떨어진다. 가 죽장아찌는 바로 먹거나 두고 먹어도 좋지만 눅눅한 장마철에 먹으면 톡 쏘는 향이 입맛을 제대로 돋운다.

마지막으로 가죽장떡이 있다. 한때 소설을 포기하고 가죽장떡 백반집이나 열까, 그것이 국가에 더욱 이바지하는 길이 아닐까, 심각하게 고민한 적이 있다. 얼굴이 깐깐하게 생겨서 장사가 안 될 거라고 몇몇이 초를 치긴 했지만. 누가 음식을 주인 얼굴 보고 먹나, 맛으로 먹지. 그런 연유로 가죽장떡 조리법은 비밀이다. 나도 돌아갈 곳이 한 군데는 있어야 하질 않겠는가. 혹 모르겠다. 이 요리 이야기가 끝날 즈음 가죽장떡 만드는 법을 은근슬쩍 누설할지도. 변심을 하면 말이다.

종가의
부추김치

사람마다 기질이 다르고 그 기질에 기초해 삶의 방식을 세우듯 가문도 나름대로의 분위기가 있다. 그걸 들여다보는 재미가 쏠쏠해서 나는 시간이 날 때면 종가를 찾는다. 지난달에도 후배들과 경북의 한 종가로 내려갔다. 그날은 목적이 따로 있었다. 그 유명한 보리굴비를 맛보기 위해서였다. 종가에 도착해 넉넉하고 여유로운 뜰을 지나자 노종부가 나와 우리 일행을 맞아주었다. 내년이면 구순이라고 했다. 붙임성 좋은 김이 연세보다 젊어 보인다고 말하자 종부는 아이처럼 웃으며 좋아했다.

"난 여직 귀도 안 먹었어. 이 앞니도 전부 내 이여. 어금니 네 개만 의치여."

허리가 납신 굽은 노종부는 우리를 부엌으로 안내했다. 커다란 양문형 냉장고 두 개를 나란히 붙여놓은 양식 부엌. 혹독한 겨울 추위 때문에 3년 전에 개축했단다. 그래도 선반 두 개에 줄줄이 포개진 나무 밥상이 종가의 부엌임을 여실히 드러냈다. 부엌 한쪽에 차려진 소박한 밥상. 노종부에게 밥을 얻어먹는 게 죄송해서 보리굴비만 맛보면 된다고 극구 사양했으나 우리는 도리 없이 상 앞으로 끌려가고 말았다.

"내 평생의 일이 접빈객接賓客인데 사양하지 마시게."

밥상은 윗면은 닦였지만 다리 부분엔 먼지가 소복했고, 보리굴비는 곰팡이가 슬고 찐득거렸다. 노종부는 치아와 귀는 양호했으나 눈과 코, 혀의 기능이 떨어져 부패한 걸 모르는 눈치였다. 하나뿐인 잣 국물에 띄운 수란엔 색색의 고명이 얹혀 있었고, 흰 접시에 담긴 부추김치는 그야말로 일품이었다. 풋

내가 나지 않도록 살살 씻은 부추를 집에서 담근 진한 멸치젓갈에 절여, 찹쌀풀에 고춧가루+설탕+마늘+통깨를 넣어 기포가 올라오도록 완전 발효시킨 김치는 그날 첫 개봉을 해서 콧속이 뚫리도록 쨍했다.

김치 중에도 파김치와 부추김치는 단맛이 비쳐야 맛나다. 매운 성질을 가진 부추로 김치를 담글 땐 마늘을 넣는 듯 마는 듯 해야 하고 양파는 넣지 않는다. 양파가 들어가면 노린내가 나기 때문. 단 부추겉절이엔 넣어도 상관없다.

"잡숴, 잡숴. 많이 잡숴. 언 땅을 뚫고 올라온 만물 부추는 사위한테도 안 준다는 말이 있네. 이건 하우스 부추라서 특별히 주는 거여."

노종부의 말이 귀에 착 감겼다. 칼슘과 철분이 풍부한 부추는 간에 좋고, 부추 씨는 예로부터 발기부전의 치료제로 쓰였다. 부추가 양기에 좋다는 말에 같이 내려간 후배 윤은 허발을 하고 먹었다. 짠 기운과 단맛이 맞춤하게 어우러져 맛의 절정을 향해 치닫는 부추김치를 세 접시나 비운 뒤 우리는 공기에 붙은 밥알까지 싹싹 긁어 먹었다.

그날 설거지를 도우며 노종부의 갈퀴 같은 손을 봤다. 작가의 필력이 무르익으면 설렁설렁 써도 글에 윤기가 흐르듯 손맛도 그러하다. 눈 감고 양념을 대강 넣어도 간이 딱딱 맞는다. 나는 그걸 '간의 신'이 내린 손이라고 표현한다. 그런 손은 항상 물에 불어서 울퉁불퉁하고 못났다. 고운 손을 가진 사람이 요리를 잘한다고 하면 그건 100퍼센트 거짓말이다. 세상에 공짜는 없는 법.

마음 한 귀퉁이를 여물게 붙잡고 살아서 여태 신이 내린 손맛을 유지하는 구순의 노종부. 4대 봉제사와 불천위 제사, 명절 차례까지 1년에 제사만 도합 열네 번인데, 서울에 사는 젊은 종손은 제사 때만 내려온단다. 종택의 자랑인 연못과 예스러운 돌담, 세월의 무게를 인 육중한 사당을 둘러보고 나오는 길에 뒷마당에 놓인 크고 작은 장독들을 봤다. 장독에 얼비친 햇살 때문인지 괜히 눈물이 찔끔 났다. 종가의 은밀한 사생활을 엿본 탓이다.

종가는 쇠해도 향합은 남는다는 말이 있다. 한 가문의 영고성쇠는 무상해도 전통이나 가풍은 길이 전해진다는 뜻이리라. 종가가 가진 인문·예술학적 가치 운운은 관두더라도 저 노종부가 사라진 뒤에도 과연 종가가 유지될까? 종부들의 등골을 알뜰히 파먹은 덕에 면면히 이어져 내려온 것이 종가 문화라고 주장한다면, 이 말은 순전히 내 억지에 불과한 것일까? 보리굴비 대신 부추김치를 대접받고 올라오던 날, 집으로 향하는 발걸음이 천근만근 무거웠다.

진달래화전

바야흐로 꽃철이다. 작업실 창밖으로 산수유와 목련이 차례로 피더니 지금은 개나리와 산벚꽃이 한창이다. 이런 날에 무슨 글? 지난 주말, 사전 투표를 하고 오는 길에 꽃이나 보러 가자고 작가들을 살살 꼬드겼다. 우리가 모처럼 날을 잡아 그런가, 차 앞이 온통 부옇다. 그래도 길가엔 벚꽃이 흐드러졌고, 먼산에는 진달래가 지천이었다. 황사에 덮인 탓에 연분홍빛 진달래가 불투명하게 보여 외려 유혹적이었다. 누군가의 환영幻影처럼.

"날이 음산해 그런지 서정주의 「문둥이」가 생각나네요."

"보리밭에 달 뜨면 애기 하나 먹고 꽃처럼 붉은 울음을 밤새 울었다…… 이 시요?"

"거기 나오는 꽃, 진달래 맞지요? 이런 날엔 엄마가 참꽃 꺾으러 뒷산에 가지 말라 했거든요."

"왜요? 잡아먹힐까봐요?"

"처연해요, 문둥이가……"

이 소란에도 창밖만 내처 보던 작가가 혼잣말처럼 중얼거렸다.

"우리 꽃은 진달래가 맞다 아입니꺼. 봄이 되면 이리 지천으로 피는 꽃을 국화로 떡, 정해야지 무궁화가 뭐꼬, 무궁화가. 꽃도 촌시럽고 이파리에 진딧물이 잔뜩 끼가 더럽어빠졌구마는. 무궁화 삼천리 화려 강산이라 카지만 길거리 댕기미 함 찾아보소. 무궁화가 어데 한 송이 뵈는가. 진달래가 안 되면 천지에 쌔리 피는 개나리로 국화를 정해야 한다 이 말이지예, 내 말은."

대구에서 올라온 작가의 꽃 타령을 시작으로 차 안에 팔도 사투리가 난무했다. 제주와 군산 출신이 제각각 사투리를 뽐내며 껴들었기 때문이다.

"……영변에 약산 진달래꽃 아름 따다 가실 길에 뿌리오리
다."

"에이, 청승은 동급이지만 그래도 김소월보단 서정주의 시
가 한 수 위지요. 누구 「귀촉도」 외우는 분!"

"……피리 불고 가신 임의 밟으신 길을 진달래 꽃비 오는 서
역 3만 리. 흰 옷깃 여며여며 가옵신 임의 다시 오진 못하는 파
촉 3만 리. ……차마 아니 솟는 가락 눈이 감겨서 제 피에 취한
새가 귀촉도 운다."

그러구러 강가에 자리잡은 신륵사에 도착해 부처님을 뵙고
나오니 서역 3만 리 같은 황톳길이 굽이굽이 펼쳐졌다. 인근
명성황후 기념관에 들렀다가 여주 산비탈에 주저앉아 진달래
를 한 움큼 땄다.

황사가 심한 날엔 화전놀이 장소로 작업실 식당도 나쁘지
않았다. 오는 길에 시장에서 산 찹쌀가루와 쌀가루를 일대일
의 비율로 섞었다. 그래야 찰기가 적당하다. 소금을 한 꼬집

넣고 뜨거운 물로 익반죽을 하는데, 약간 되다 싶어야 손에 달라붙지 않는다. 그사이 한 작가가 깨끗이 씻은 진달래의 꽃술을 제거했다. 독이 있기 때문. 진달래는 꽃마다 당도가 다르다. 어릴 땐 입에 물고 이 꽃 저 꽃 맛본 뒤 채취했지만 지금은 농약과 미세먼지 때문에 꿈도 꿀 수 없다.

일회용 비닐장갑을 낀 작가들이 식탁에 둘러앉아 화전을 빚었다. 반죽을 500원짜리 동전만큼씩 떼어 동글납작한 형태로 만든다. 프라이팬에 식용유를 두르고 약한 불로 양면을 고루 익힌 뒤 전 위에 꽃잎을 펼친다. 꽃잎 가운데 잣을 심지처럼 박으면 곱디고운 진달래화전이 탄생한다. 더러 쑥갓이나 산수유를 박거나 반죽에 쑥가루와 강황을 섞기도 하는데, 이 방법으로 하는 게 가장 깨끗하고 쫄깃하다. 뜨거울 때 꿀이나 시럽, 조청에 나붓하게 재운다. 진달래화전을 접시에 담아내자, 이런 자리에 술이 빠지면 안 된다며 각자 취향대로 막걸리와 맥주, 소주를 꺼내왔다.

"기념관에 가보니 명성황후를 무슨 구국의 황후처럼 심하게 부풀려놔서 뒤에 쓰는 작가들은 걱정이다 아입니까. 조선이 망하는 데 일조를 했다 카만 전 국민이 안 덤비겠습니까?'

그 작가는 고종이나 명성황후를 쓰는 중인 듯했다.

"일찍 죽어서 그렇지요. 한창때에 그것도 일본놈들 손에……
스토리가 세요. 극적이라 부풀리기 좋고요."

전국에서 모인 작가들. 일이 급할 때 짧으면 한 달, 길게는
서너 달씩 숨어드는 작업실이 우리나라에 너더댓 개. 고맙고
도 고맙다. 들어올 땐 멀쩡한데 날이 갈수록 얼굴들이 누렇게
뜬다. 작정한 분량을 채우지 못한 탓이리라.

"남의 나라 국모를 시해한 놈들이 세계 역사상 또 있나요?"

"아마 일본 말곤 없을걸요. 함 찾아볼게요."

분개하며 한잔. 화전을 집는데 천장 높은 식당의 통유리창
으로 벚꽃이 분분히 흩날린다. 바람이 부는가. 꽃비는 오시는
데 진달래화전이 혀끝에 달콤하게 감긴다. 꽃놀이하며 투표
하며 분개하며 우리들의 봄날은 간다.

진달래화전

콩죽
&쑥콩죽

　　콩죽이란 단어를 입안에서 살살 궁굴리면 '아시(애벌)'라는
충청도 방언이 떠오른다. 일제강점기 때 태어난 어른들이 전
매특허처럼 쓰던 '쓰봉' '애리' '아까징끼' '사리마다'와 같은
순화되지 않은 낱말들도. 콩죽을 쑤려면 먼저 불린 콩을 삶는
데, 푹 익으면 맛이 없다. 하여 콩이 부르르 한번 세차게 끓어
오를 때 재빨리 불을 끈 후 찬물에 담가 껍질을 벗긴다. 항상
바쁜 어머니는 콩이 삶길 때까지 부엌에서 기다리지 못했다.
콩이 '아시' 끓으면 그걸 찬물에 담가놓는 건 언제나 내 몫이
었다.

어디 그뿐이랴. 스웨터와 카디건 같은 울 소재의 옷이 아시 말랐을 때 걷어 개키는 것도 내가 담당했다. 빨랫줄에 오래 널어두면 소매와 허릿단이 늘어나기 때문이다. 나는 골목에서 뛰어놀다가도 어머니가 말한 '아시'의 맞춤한 때를 놓칠세라 부리나케 집으로 달려가곤 했다. 친구들은 날 기다려주지 않았다. 한창 재미날 때마다 사라지는데 누가 놀이에 끼워주겠는가.

어머니는 뭐가 그리도 바빠서 일의 매조지를 못하고 맏딸만 불러대시나. 내 밑으로 조록조록 낳은 딸들의 이름은 왜 안 부르시는가. 동생들이 나보다 키도 크고 몸무게도 많이 나간다는 사실을 왜 번번이 잊으시는가.

"맏딸이 살림 밑천이라는 말은 하지도 마세요. 어디 밑천 자리가 없어서 하필이면 살림 밑천인가요?"

하루는 콩닥콩닥 말대꾸를 하다가 빗자루로 등짝을 늘씬하게 얻어맞기도 했다. 휴일 오후가 되면 어머니는 팥쥐 엄마처럼 방문을 두드렸다.

"뭐허냐? 바쁘지 않으면 콩 가리는 것 좀 도와다오."

오오, 어머니! 제발요! 저는 밥상 앞에 쭈그리고 앉아서 콩이나 가리는 그런 인생은 정말이지 살고 싶지 않아요. 내가 콩죽을 싫어한 건 그때부터였다. '콩' 자가 들어간 단어도 무작정 싫어졌다.

그토록 싫어하던 콩을 지금은 자발적으로 가린다. 일이 꼬일 때나 글이 풀리지 않을 때면 시골에서 올라온 콩을 쟁반에 들이붓는다. 식탁에 앉아서 고요히 콩을 가리면 인생사 여러 길섶을 가만가만 더듬는 것 같다. 올콩과 썩은 콩, 되다 만 콩을 하나하나 분류하는 은밀한 시간. 그러다보면 막힌 곳이 힐끗 보이기도 한다.

도가 뭐 별것인가? 도는 계룡산이나 지리산 같은 명산에서만 통하는 게 아니다. 늦은 밤 부엌 귀퉁이에서 콩을 가릴 때에도 도와 비슷한 기운이 감지된다. 내가 좀더 어렸을 때 어머니가 그토록 조를 때 못 이기는 척 조신하게 콩을 가렸다면 지금보다 훨씬 성숙한 인간이 되지 않았을까? 뒤늦은 후회가 밀려온다. 등짝을 시원하게 때려줄 어머니도 안 계신 지금 때늦은 후회가 무슨 소용일까만.

밥에 얹어 먹는 밤콩이나 울타리콩, 강낭콩은 손 가까이 있지만 메주콩이 조리대로 불려나오는 것은 드물다. 한여름 콩국수 때를 제외하곤. 비닐에 싸인 채 냉동실 깊은 곳에 숨은 메주콩을 꺼내는 일도 부담스럽다. 하여 나는 손이 두 번 가지 않도록 콩자반을 만들 때 주로 콩죽을 쑨다. 콩이 부르르 끓어오르면 콩죽용으로 미리 한 공기를 덜어낸다. 그 콩을 믹서에 갈아서 지은 지 오래되어 밥통에서 꾸덕꾸덕 말라가는 밥이나 찬밥이 있을 때 뚝딱 끓이면 한결 쉽다. 잣죽과 전복죽도 아닌데 언제 일일이 쌀을 불리고 갈고 하겠는가.

콩죽은 자주 먹는 음식이 아니다. 어쩌다 변덕이 나서 만드는 게 십상일 터. 세상은 변덕 심한 사람을 싫어하지만, 누구에게나 외면당하는 그 변덕이 요리의 세계에선 쌍수를 들어 환영하는 덕목이다. 조금 있으면 애쑥 철이다. 산책길에 애쑥을 한 줌 정도 뜯어서 씻어놨다가 콩죽이 부르르 끓을 때 싹둑

싹둑 잘라 넣으면 쑥콩죽이라는 신세계가 펼쳐진다. 화한 쑥의 향이 여태 맛본 적 없는 미지의 세계로 안내할 것이다.

죽은 쑤기도 번거롭지만 금방 삭기 때문에 보관하기도 어렵다(죽은 미리 간하면 안 된다). 처음부터 쑥콩죽을 쑤어도 좋지만 콩죽을 먼저 맛본 후 쑥을 넣으면 두 가지를 맛보게 되니 일거양득이다. 하루 정도 지난 콩죽을 다시 데울 때 쑥을 넣어도 나쁘지 않다. 무심코 냉장고를 열었을 때 죽과 같은 건강식품이 들어 있으면, 그걸 바라보는 것만으로도 뿌듯해지지 않던가.

아침에 죽을 먹으면 하루가 편안하다는 말이 있다. 조선의 왕들도 오전 5시에 기상해 왕실 어른들에게 아침 문안을 드린 후 6시가 되면 초조반으로 반드시 죽을 먹었다. 집중이 되지 않는 산만한 날엔 후루룩 콩죽을 끓이자. 살이 찌지 않는 치즈라 불리는 메주콩은 성인병을 예방하고 노화를 방지하는 식품이다. 자투리 시간이 고무줄처럼 늘어나는 날, 기분이 우울하고 눅눅한 날엔 콩죽이나 팔팔 끓여 먹자.

LA 다운타운
동파육

호랑이가 새끼를 절벽에서 떨어뜨리는 것은 정글의 법칙에 따라 자식을 강하게 키워야 하기 때문이 아니라 순전히 어쩔 수 없어서 그러는 것은 아닐까? 이게 비과학적인 추측인지는 모르겠지만 말이다. 내 딸은 지금 LA에서 패션디자이너로 일하고 있다. 그 아이는 미국에 가고 싶어서 간 게 아니다. 우리나라에서 열심히 일해도 정규직이 된다는 보장이 없어서다. 즉 패션계에 만연한 열정 페이 때문이다.

LA에 도착한 뒤 이튿날 출근해서 업무용 컴퓨터가 죄다 영어로 되어 있다고 징징거릴 때도, 승용차 범퍼가 찌그러지는 교통사고가 났을 때도, 디자인 회의에 들어갈 때마다 심장이 졸아붙는 것 같다며 하소연할 때도 나는 전혀 도움이 되질 못했다. 내가 걱정한다고 뾰족한 수가 생기는 것도 아니어서 일부러 쿨한 척했다.

"몸만 상하지 않으면 돼. 하다 정 안 되면 언제든 돌아와."

정작 내가 걱정한 것은 딸의 삼시 세끼였다. 그 나이 되도록 아이가 할 줄 아는 건 라면과 달걀프라이가 고작이었다. 진작 요리 좀 가르쳐둘걸, 후회했지만 이미 때가 늦었다. 그사이 우리 모녀의 화법도 많이 달라져 있었다. 걱정할 만한 일은 서로 숨기기에 바빴다. 딸이 "햄버거와 샌드위치가 맛나다"라고 말하면 '시간과 돈이 없어서 그걸 먹었겠지' 하고 짐작하곤 온종일 기분이 꿀꿀했다.

어느 날 딸은 "동파육을 먹으러 갔는데 맛이 환상적이었다"라고 자랑을 했다. 이건 '이제 딸에게도 시간적·경제적인 여유가 있는 모양이구나'로 해석돼 마음이 한결 놓였다. 그날 딸이 동파육을 먹으러 간 것은 기름진 음식이 당겨서일 테고, 그렇다면 앞선 며칠간 담백한 샐러드나 오메가3가 풍부한 생선 요리를 섭취했다는 얘기가 된다. 또 내가 심히 우려했던 대로 아이가 주야장천 라면을 끓여 먹었다면 기름진 음식에 입맛이 당길 리 없었을 것이다. 그래서 동파육이라는 단어가 내 귀에 무척 반갑게 들렸다.

그러니까 나는 딸이 먹은 음식으로 그애의 모든 사정을 살폈다. "당신이 먹은 음식을 말해보라. 당신이 누구인지 알려주겠다"라는 말로 유명한 프랑스 미식평론가 '브리야 사바랭 Brillat Savarin'이 아닌데도 저절로 그렇게 되었다. 나흘 뒤, 동파육을 만들다가 실패했다며 딸이 오만상 찡그린 얼굴 사진을 보내왔다. 기막혀라!

"애야, 그건 요리의 하수가 도전하는 종목이 아니란다."

잔소리를 담은 카톡을 보냈지만 요리에 입문한 딸이 기특하

기만 했다. 그뒤로 말도 안 되는 고난도 요리에 도전해 실패하기를 반복하더니 이제 찌개 정도는 먹을 만하게 끓이는 눈치다. 아이가 동파육을 먹으러 갔던 날, 나는 달력에 붉은 동그라미를 그렸다. 그러고는 그 날짜 밑에다가 딸의 독립기념일이라고 커다랗게 썼다. 그날부터 동파육은 한낱 오겹살 돼지찜이 아니라 내겐 아주아주 특별한 음식이 되었다. 동파육의 독특한 향, 거무스름하게 졸인 빛깔, 그 모든 것이……

두릅산적
&두릅장아찌

인간은 살기 위해 먹을까, 먹기 위해 살까? 이것은 닭과 달걀의 원조 논쟁과 다름없을 것이다. 아무려나, 5월에는 산채의 제왕인 두릅을 먹어야 한다. 두릅에는 참두릅, 땅두릅, 민두릅이 있는데 몸값 비싸기로는 야생 참두릅이 으뜸이다. 맛도 맛이지만 향 때문이다. 야생 참두릅 가운데서도 첫물 두릅의 향은 말할 수 없이 신비롭다.

그걸 뭐라고 표현할까? 쨍한 여름날, 별안간 하늘이 컴컴해지고 뒤란 대숲으로 심상찮은 바람이 불어올 때면 뒤따라 느

껴지던 묵직한 솔향기, 기어이 마당에 소나기가 후드득 떨어지면 풀썩 올라오던 흙냄새. 비를 품은 대와 소나무의 향 그리고 흙냄새, 그 세 가지가 조화롭게 섞인 것이 두릅의 향기이다.

언젠가 본 드라마 속 주인공이 자기 옷을 뽐내며, 이것은 이탈리아의 유명 디자이너가 한 땀 한 땀 바느질한 트레이닝복이라고 설명하는 대목이 있었다. 주인공이 '한 땀 한 땀'을 어찌나 코믹하게 강조하던지 그 대목에서 시청자들이 빵 터지고 말았는데, 자연산 두릅도 이와 마찬가지. 산속에서 하나하나 채취한 사람의 정성을 생각해 두릅을 먹기 전에 초콜릿이나 커피는 금하는 것이 예의. 생수로 먼저 입가심한 뒤 먹어야 맛과 향을 온전히 느낄 수 있다. 하여 야생 참두릅은 향이 날아가지 않도록 자연 상태로 끓는 물에 살짝 데쳐서 초회로 먹는 것이 좋다.

두릅 손질법은 다음과 같다. 먼저 녹색 줄기와 나뭇가지 사이의 얇은 껍질을 벗긴 뒤 잎이 떨어지지 않도록 주의하며 나뭇가지를 조심스레 자른다. 그런 뒤 흐르는 물에 가볍게 씻은 다음 밑동이 굵은 것은 먹기 좋게 칼집을 낸다. 끓는 물에 소금을 한 꼬집 넣고, 두릅의 밑동부터 담가 숨이 한풀 죽으면 통째로 넣어 1분 30초가량 데친다.

간혹 산채백반집에 가면 두릅나물에 고추장과 된장을 듬뿍 넣어 시뻘겋게 무쳐내던데, 그럴 거면 왜 비싼 두릅을 쓰는지 모르겠다. 두릅의 향이 죄 사라져 일반 산채와 비슷한 맛일 텐데……

두릅나물은 된장+소금+매실액+다진 마늘+참기름을 넣고 조물조물 무쳐 접시에 담고 잣가루를 솔솔 뿌린다. 이때 된장과 매실액은 두릅의 씁쓸한 맛을 누르기 위해 사용하는 것이므로 밑간만 될 정도로 연하게 넣을 것. 두릅의 맛과 향을 최대한 살리는 게 포인트. 조리법을 소개할 때 양념의 분량을 일일이 쓰지 않는 것은 집집마다 계량하는 양이 다르기 때문이다. 일례를 들자면 소금 한 스푼을 싹 깎아서 푸는 사람과 소복이 푸는 사람이 있고, 음식의 간도 저마다 다르다.

오늘의 별미인 두릅산적엔 쇠고기 우둔살이 필요하다. 익으면 고기가 줄어들기 때문에 두릅보다 길게 잘라 칼등으로 두드린다. 그래야 양념이 잘 밴다. 쇠고기(진간장+다진 마늘+설탕+참기름+후추)와 데친 두릅(소금+참기름)을 밑간한 뒤 꼬치에 번갈아 꿴다. 이것을 찹쌀가루(끈기가 생기고 쫀득한 식감을 위해)에 묻힌 뒤 저어놓은 달걀물에 담갔다가 부쳐낸다. 두릅산적은 기품 있는 요리여서 어떤 목적의 상차림에도 메인 요리로 손색이 없다.

두릅장아찌는 민두릅이나 땅두릅으로 하는 것이 좋다. 깊은 냄비에 진간장+다시마 육수+식초+설탕을 넣고 중불에서 한소끔 끓인다. 소스가 끓을 때 생기는 거품은 걷어낸다. 유리병에 데친 두릅을 넣고 한 김이 나간 상태의 뜨거운 소스를 붓는데, 두릅이 잠길 만큼 부어야 된다. 이것을 상온에 이틀 정도 두었다가 냉장고에 보관한다. 두릅장아찌는 진정한 밥도

둑, 한번 맛보면 매년 담글 수밖에 없다.

꿀팁

다시마를 젖은 천으로 닦은 뒤 적당한 크기로 잘라 유리병에 넣고 물을 부어 냉장고에 상시 보관한다. 하루 정도 지나면 미끌미끌한 알긴산이 생기는데 이것이 다시마 육수다. 물을 추가하면 재탕, 삼탕도 가능하다. 다시마 육수는 원재료의 맛을 해치지 않는 특성이 있으므로 각종 찜과 국물 요리에 사용하면 좋다. 매일 한 컵씩 마시면 다이어트에도 효과가 있다.

보리굴비
&보리고추장굴비

보리굴비는 옛날 부잣집에서 술안주와 밑반찬으로 먹던 식품이다. 일반 민가에선 귀한 음식이라 항아리에 감춰두고 먹었다. 민가의 어느 아낙에게 입이 짧은 외아들이 있었다. 아들은 여름마다 입맛이 떨어져 식은땀을 비지처럼 흘렸다. 저것이 커서 사내구실을 하려나, 걱정된 아낙은 어렵사리 굴비를 한 두름 장만했다. 부실한 아들에게 먹이려고 항아리에 감춰뒀는데 먹성 좋은 시부와 남편, 시동생에게 줄줄이 빼앗기고 말았다. 이듬해 굴비를 또 한 두름 장만한 아낙은 한 가지 꾀를 생각해냈다. 방아를 찧을 때 외엔 잘 열어보지 않는 보리항아리 구석에 굴비를 숨긴 것이다.

시부가 마을에 놀러가고 남편과 시동생이 들일을 나가자, 아낙은 항아리에서 굴비를 꺼내 뿌연 쌀뜨물 속에 담갔다. 구우면 연기 때문에 들킬 것 같아 삼베 보자기를 깔고 폭 쪘다. 행여 가시가 있을세라 굴비의 살을 손으로 일일이 바르곤 아들을 은밀히 부엌으로 불러냈다. 급히 먹으면 체할까봐 뜨거운 밥을 찬물에 털썩 말아서 숟가락에 굴비를 한 점씩 올려주었다. 그제야 아들이 밥을 쪼작쪼작 먹기 시작했다. 그렇게 아들의 몸에 살이 좀 붙는가 싶었는데 그만 보리방아를 찧다가 시동생에게 숨긴 굴비를 들키고 말았다.

생각다못한 아낙은 꼬깃꼬깃 모은 쌈짓돈으로 해마다 굴비를 사서 고추장 단지 속에 감췄다. 누가 고추장 단지 밑바닥까지 훑어보랴 싶었다. 하루는 남편이 집에 일찍 오니 부엌에서

고소한 냄새가 풍겼다. 살며시 들여다봤더니 모자가 비싼 굴
비를 옆옆이 놓고 뜯어먹는 게 아닌가. 부뚜막에 앉은 아들은
노란 굴비, 빨간 굴비를 정신없이 먹어대고 아내는 배가 부른
지 연방 손가락을 쪽쪽 빨며 부채질까지 살랑살랑 하는 통에
허파가 제대로 뒤집혔다.

"세월 좋네, 세월 좋아!"

화가 머리끝까지 치민 남편은 "집구석 망해먹을 년"이라며
지게 작대기로 아내를 작신 때린 뒤 집에서 내쫓았다. 어미는
굴비를 뜯어만 줬지 한 점도 먹질 않았다며, 아들이 울며불며
매달렸지만 소용없었다. 멍투성이 아낙은 쫓겨나면서 여름이
오면 뒷산 돌무덤 밑을 파보라는 말을 아들에게 남겼다. 여름
이 되어 뒷산 돌무덤을 파니 항아리가 두 독이나 나왔다. 고추
장 항아리와 보리 항아리. 물론 그 속에는 입이 짧은 아들을
위해 어미가 재어놓은 굴비가 그득했다. 이것이 내 할머니 조
상문씨에게 들은 보리굴비의 슬픈 전설이다. 하여 이 못난 생
선에는 가난한 어미의 비린 한숨과 넉살, 푸진 울음이 스미어

있다. 보리굴비를 가만히 살펴보면 늙은 어미의 쭈그렁 얼굴과 배배 말라비틀어진 살가죽이 도장 찍듯 새겨져 있다.

이맘때 먹기 좋은 보리굴비를 한 두름 사면 쌀뜨물에 두 시간 정도 담가 염분을 빼야 된다. 찜통 속에 물과 청주를 넣은 후 찜기에 25분~30분 정도 찐다. 노리끼리한 굴비 기름이 흐르기 때문에 일회용 여과지나 무명 보를 깔고 찔 것. 갓 찐 보리굴비는 목장갑을 끼고 꼬리 부분을 잡아당기면 북어포처럼 살이 한 번에 쭉 찢어진다. 뜨거울 때 살과 뼈를 분리할 것. 보리굴비는 찜통에 쪄도 껍질이 까슬까슬하게 일어나고 살점이 쫀득해 입맛을 돋운다. 얼음을 넣은 녹차나 찬물에 만 밥과 함께 먹거나 고추장에 찍어 먹으면 일미다. 깨가 박힌 굴비 머리도 버리지 말고 오도독 씹으면 고소하다.

보리고추장굴비는 매년 봄에 어획한 참조기를 습도가 적은 곳에서 건조시킨 후 고추장 단지에 박아 6개월 정도 숙성시킨다. 그것을 다시 새로운 고추장에 버무려 용기에 담으면 육포처럼 빨갛고 쫀득한 살에서 기름이 자르르 흐른다. 흐르는 시간과 세월 속에서 오묘한 맛을 빚어내는 보리고추장굴비는 때깔이 좋아서 술안주용으로 맞춤하다. 정식 보리고추장굴비가 가장 맛나지만 집에서 만드는 간편식도 있다.

1. 보리굴비는 참조기가 좋고 보리고추장굴비는 값이 저렴한 부세도 괜찮다.

2. 부세로 만든 보리굴비(법성포 굴비가 좋음)를 사서 찜통에 쪄 살만 분리한다.

3. 고추장＋꿀(조청, 올리고당)＋참기름＋청주를 넣고 보글보글 끓인다. 불을 끈 후 매실액＋다진 마늘을 추가해 양념장을 만든다.

4. 발라낸 보리굴비 살에 양념장을 흘러넘치도록 붓고 검정깨를 뿌린다. 이것을 실온에서 이틀간 숙성하면 되는데 3개월까지 냉장 보관이 가능하다.

영계백숙
&치킨수프

늦여름 끝물 더위에 영양 보충으론 백숙만한 게 없다. 요리의 상초보도 실패할 확률이 낮으니 그 또한 백숙이 가진 매력 중 하나. 힐링이니 자연식이니 하는 유행에 혹해 농가에서 직접 키운 토종닭을 구매할 생각이라면 아서라. 육질이 질긴 탓에 가마솥 장작불을 한나절 너끈히 지필 환경이 되는 분에게만 추천.

압력솥은 살이 너무 무르거나 퍽퍽해질 우려가 있으니 바닥 두꺼운 냄비가 좋다. 여기에 마트에서 산 영계를 안친 후 마늘 한 줌, 대추 약간, 알싸한 향을 위해 뿌리 달린 대파를 뚝뚝 분질러 넣는다. 양파 반 개는 선택 사항.

냄비가 끓기 시작하면 닭 특유의 노린내와 마늘 익는 냄새가 눅눅한 공기를 타고 퍼진다. 물이 흘러넘치고 지직거리며 마차 바퀴 소리가 날 때 닭을 건져내고 불린 찹쌀을 넣는다. 이때 넣을 찹쌀의 양은 당신이 생각한 것보다 언제나 적어야 한다. 짠순이 절친에게 모처럼 받은 축의금의 액수처럼. 닭죽의 포인트는 묽기. 한 술 뜬 숟가락을 기울였을 때 뽀얗게 우러난 육수 사이로 푹 퍼진 찹쌀이 호로록 흘러내려야만 진정한 닭죽이다.

노르스름한 죽 위에 살포시 솟은 닭. 우리는 닭의 질깃한 부위와 말랑한 부위를 교대로 뜯으며 허기를 끄고 기운을 얻는다. 근원을 알 수 없는 울분과 허기를 참지 못할 때 먹는 것이 백숙이다. 죽까지 말끔히 비운 뒤에도 울분을 삭일 수 없다면 호령하듯 소리를 질러도 무방하리.

"이 나쁜 놈들아! 나 ○○○ 아직 안 죽었다!"

소설가 권여선의 장편 『푸르른 틈새』(문학동네, 2007)의 주인공에게 닭은 기억의 화살이고 상처 입은 몸을 치유하는 도구다. 이사를 앞둔 여자는 마지막 축제를 위해 닭집 앞에 멈춰선다. 사내가 도마 앞에서 닭을 토막 치고 그 옆에선 열 살쯤 된 딸애가 닭 속에 손을 넣어 내장을 훑고 있다. 여자는 생각한다. 저 닭집 남자는 늙어서 어떻게 되고, 닭집 계집애는 커서 어떻게 될까? (악담을 해라, 차라리.)

외항선 선장이었던 아버지는 중공군처럼 인해전술을 쓰며 몰려든 외가 식구들을 전부 거둬 먹였다. 그 시절 어머니는 닭을 한 마리 푹 고아서 쟁반에 담은 후 거안제미擧案齊眉 식으로 아버지 앞에 공손히 가져왔다. 아버지의 무릎에 앉은 여자는 아비 없이 사는 외사촌들의 피눈물을 자아내며 아버지가 발

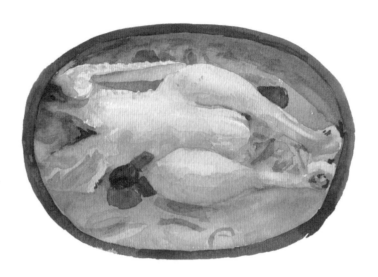

라준 살을 옴싹옴싹 받아먹었다. 아버지는 여자의 입에 닭살을 넣어주며 어머니에게 매번 이런 주문을 했다.

"닭 뼈다귀 몇 개는 한데 넣고 끓여야 진짜 치킨수프가 되는 기라."

무궁무진한 권력을 향유하던 아버지, 처가를 먹이다가 가산이 줄고 마침내 실직한다. 아버지는 식구들이 부여한 자리, 가장 비천한 자리에 앉는 걸 거부했지만 털 빠진 짐승처럼 자연스레 그 자리에 길이 든다. 말년에 취직한 곳이 시민 공원 청소부. "나 다녀오리다" 혹은 "아버지 다녀오꾸마" 하는 인사말 뒤론 항상 메다붙이는 듯한 문소리가 이어졌다. 아버지가 얼근히 취해 귀가해도 어머니는 안방 문을 빼꼼 열곤 빠르게 치훑고 내리훑은 뒤 아버지의 숨통을 틀어막듯 문을 쾅 닫아버린다. 그러면 아버지는 하루도 거른 적 없는 대사를 낭송한다.

"이년들, 이 나쁜 년들아! 나 손재우 아직 안 죽었도다!"

닭 봉지를 든 여자가 땀을 흘리며 비탈길을 오른다. 셋방 문틀에는 여자가 꽃무늬 이불 홑청을 찢어서 철사에 걸어 만든 커튼이 걸려 있다. 여자는 '누군가가 날 어딘가로 날라다 팽개쳐주었으면, 아무도 모르게 실종되었으면' 하고 간절히 바라며 지난 2년 동안 그 방에 빌붙어 백수로 살았다. 여자는 셋방에서 아버지가 일러준 방법대로 살을 발라낸 닭 뼈와 불린 찹쌀을 넣고 오래오래 백숙을 끓인다.

여자는 끓는 냄비 앞에서 설령 모든 것이 나빠진다 해도 기억을 믿고 그밖의 다른 것들을 믿기로 한다. 그래야만 자신의 남은 인생이 풍요로워질 테니까. 또다른 삶의 간이역에서 누군가가 작별을 던질지 알 수 없지만 말이다. 그러니까 여자에게 백숙은 젊음을 통과하는 신성한 의례인 것이다. 세 든 방을 떠나기 전 백숙을 맛본 여자의 혀가 말한다.

"아버지, 정말 천하일품이에요!"

원주 연세대 캠퍼스에서 충주 방향으로 가다보면 홍업면 매지리가 나온다. 그곳에 유난히 백숙집이 많다. 닭과 궁합이 잘 맞는 황기를 넣어 끓인 매지리 황기탕은 육질이 쫄깃하고 고소하다. 부근에 토지문화관이 있어서 주말에 덤바위집(강원도 원주시 흥업면 매지리 1713-7, 033-762-4031)이나 엄나무집(강원도 원주시 흥업면 북원로 1192-1, 033-763-4403)엘 가면 민낯에 작업복 차림의 알 만한 작가를 만날 수도 있다. 주문 후 1시간은 기본으로 기다리기 때문에 예약은 필수.

올갱잇국

현존하는 우리나라 최고의 해장국은? ① 콩나물국 ② 북엇국 ③ 우거지해장국…… 천만의 말씀, 해장국계의 톱은 단연 올갱잇국이다. 물론 내 생각이다. 더위로 심신이 나른해지는 6월이 되면 올갱잇국을 먹고 싶은 욕구가 폭발하듯 치솟는다. 일명 솟증(이 말을 대체할 정확한 표준어가 없다). 서울에선 올갱이를 쉽게 살 수도, 마땅한 올갱잇국집도 없다. 솟증이 나면 병아리만 쫓아도 낫는다는 속담이 있듯 올갱잇국과 유사한 음식을 찾아야 되는데 그게 쉽지 않다. 올갱잇국은 오로지 올갱이로만 완성되는, 세상에서 유일무이한 맛을 가진 동시에 잡맛을 허용치 않는다. 지극히 배타적인 음식이기 때문. 거칠게 요약하면 꼴값 이상을 하는 요리라는 얘기다. 생긴 것과 다르게 맛깔난 요리로는 그 첫째가 올갱잇국이고, 둘째는 망둑엇과 물고기인 짱뚱어탕이라고 나는 생각한다.

꼭 이맘때부터 8월까지, 들판에서 일하던 마을 사람들은 밤이 되면 삼삼오오 새다리 밑으로 모여들었다. 칭얼대는 어린것에게 젖을 물린 아낙은 긴긴 숨을 토해내며 그 밤에야 등을 곧게 폈고, 사내들은 손전등을 켠 채 냇물에서 올갱이를 훑으며 하루의 땀을 씻었다. 올갱이는 야행성이라 밤이면 돌 틈에 새까맣게 붙어 있다. 뜨거운 쑥불에서 불티가 날고 반딧불이의 분주한 짝짓기가 시작되면 냇가에서 첨벙거리던 아이들이 돗자리로 몰려든다. 커다란 가마솥에선 이미 올갱이가 삶기고 있다. 새파란 입술로 오돌오돌 떨며 까먹던 올갱이의 고소하고 아릿한 맛, 1급수에서 서식하는 청정한 올갱이에서 우러나던 푸르스름한 육수, 가끔 씹히는 수제비의 쫄깃한 식감. 너나없이 올갱잇국에 밥을 말아 후후 불며 먹던 여름밤의 성대한 공동체 밤참. 아이들조차 '혼밥'을 먹는 쓸쓸한 시대, 그 맛을 대체할 음식이 세상 어디에 있으랴.

다슬기 혹은 고둥이라고 불리는 올갱이는 요즘이 제철이다. 시골 오일장에 가면 나오는데 1킬로그램에 1만 5천 원가량 한다. 색상은 암갈색으로 표면이 매끈하고 굵은 참다슬기가 깊은 물에서 잡은 것이다. 껍데기가 길고 골이 많이 진 것은 얕은 시내나 모래가 많은 곳에서 채취한 것으로 맛이 떨어진다. 올갱이는 찬물에 1시간 정도 담가 해감한 뒤 바락바락 씻어 건진다. 소쿠리에 담긴 올갱이의 입이 쏙 나왔을 때 끓는 육수에 넣어야 살이 잘 빠진다.

1. 집된장 두 숟가락＋고추장 1/3숟가락을 넣어 끓인 물에 올갱이를 삶는다.
2. 삶은 올갱이를 건져낸 뒤 국물은 반드시 체에 거른다. 올갱이 뚜껑이 국물에 떨어져 지금지금 씹히기 때문.
3. 아욱은 손으로 치대 풋내를 제거한 후 초록색 물이 빠질 때

올갱잇국

까지 여러 번 헹군다.

4. 간 올갱이에 밀가루를 입혀 흔들어놓는다.

5. 팔팔 끓는 올갱이 육수에 아욱＋간 올갱이＋다진 마늘＋고
춧가루를 넣고 한소끔 끓인 뒤 마지막에 수제비를 아주 야박
할 정도로 드문드문 떠 넣고 대파를 넣는다.

6. 완성된 올갱잇국에 청양고추를 썰어 넣으면 뒷맛이 개운하다.

올갱이 하나만으론 해장국계의 제왕으로 군림할 수 없다.
반드시 된장이 뒤따라야 한다. 콤콤한 된장은 올갱이를 받쳐
주는 맛이다. 올갱이로 해장할 땐 푸르스름한 올갱이 육수를
눈으로 식별할 수 있도록 맑게 끓이는 것이 좋다. 집된장 한
숟가락+소금+집간장(깊은 맛을 내기 위해)으로 간한 뒤 아욱
대신 부추를 넣으면 영양 만점 올갱이해장국이 완성된다.

올갱잇국은 충북 영동군 황간면에 위치한 원조동해식당(충
북 영동군 황간면 마산리 42-1, 043-742-4024)과 안성식당(충청
북도 영동군 황간면 영동황간로 1673, 043-742-4203)이 유명하

다. 경부고속도로를 타고 가다가 추풍령휴게소가 가까워질 무렵 황간 나들목으로 나가면 된다. 동해식당은 국물 맛이 진하고 안성식당은 맑은 편이다. 입맛에 따라 선택하면 된다. 올갱잇국이 진국인 대신 식당이 허름하고 주인들은 하나같이 상냥하질 않다. 상냥하면 체면이 깎인다고 생각하는 이 고장 사람들의 기질 탓이다. 하나, 음식을 가지고 장난치지는 않는다. 올갱잇국 7천 원 올갱이볶음 1만 원인데, 올갱이볶음을 먹고 남으면 거기에 밥을 비벼도 나쁘지 않다. 둘 다 포장 가능. 올갱이 진액도 판매하지만 개인적으론 올갱잇국을 추천한다. 5월에서 10월까지, 되도록 올갱이 철에 가서 먹는 것이 좋다.

국수
&대구 누른국수

우리는 태어나서 죽을 때까지 음식을 먹는다. 심지어 사랑하는 사람이 죽었을 때에도. 조금 전까지 눈물을 흩뿌리던 그의 관 앞에 퍼질러 앉아 사랑하는 이의 피처럼 시뻘건 육개장을 떠먹는 독한 종자들이다. 퉁퉁 부은 눈을 한 채 말이다. 왜, 무서운가?

무얼 먹는다는 것은 이토록 섬뜩한 일이다. 자식을 앞세운 어미가 충격으로 눈이 멀면 멀었지, 굶어 죽었다는 말은 들어본 적이 없다. 예술에선 먹는 행위를 탐욕과 욕망의 키워드로 내세우지만 일상에선 다른 기준, 다른 척도로 재단해야만 한다. 일테면 엄숙함.

지난달 강원도 횡성에 있는 예버덩문학의집 개소식에 참석했다. 작가들의 축하 인사가 끝나자 사회자가 문학관 뜨락으로 우리를 내몰았다. 그곳에서는 축하 공연이 마련되었는데, 모시 한복을 곱게 입은 여자가 잡풀 무성한 뜨락으로 자박자박 걸어나왔다. 나는 그곳에서 정악을 처음 들었다. 소리는 관능적이리만큼 황홀했다.

공터 같은 문학관 뜨락에서 나는 왜 어린 날 어머니 심부름으로 자주 가던 혜자네 국숫집을 떠올린 것일까? 그 한적한 국숫집 안마당을. 검은 차일 아래 줄줄이 내어걸린 새하얀 국수 다발, 기다란 장대에 나란나란 펴 널은 국수는 멀리서 보면 뽀얀 광목처럼 보이기도 했다.

국수 다발이 바람에 흔들리듯 여자의 모시 치마가 나부끼더니 국수를 한 젓가락 머금은 듯한 입새로 신음 같은 영묘한 소리가 흘러나왔다. 입속 점막을 애무하던 국숫발을 한꺼번에 빨아당기듯 몸안의 소리를 쭉 빨아당겨 한숨처럼 토하는데, 정말이지 매료되지 않을 재간이 없었다. 안 그래도 나는 뭔가에 잘 빠지는 성향인지라 그날 정악에 중독되지 않도록 마음을 단단히 여며야 했다.

그러니까 내가 아는 국수는 정악의 사촌쯤 되는 것으로 매우 관능적인 음식이란 얘기다. 인간이 파스타와 같은 면을 흡입하기 좋아하는 이유는 모유에 대한 아련한 추억, 모성 결핍과 연관이 있다.

김숨의 소설 「국수」(『국수』, 창비, 2014)는 냉골 같은 성격의 여자가 주인공이다. 여자에겐 자신을 키워준 계모가 있다. 아이를 낳지 못해 이혼당한 계모는 아버지와 재혼한 뒤 식모살이를 위해 들어온 사람처럼 잔뜩 기죽어 지낸다. 어린 날 여자는 계모가 끓여준 국수 가락을 숟가락으로 뚝뚝 끊어 죄 쏟아버렸다. 그도 그럴 것이, 계모의 국수는 바지락칼국수도 베트남 쌀국수도 아니다. 손으로 만든 면에 달랑 양념장 하나만 곁들이는 소박하다못해 궁상맞은 국수다. 쇠고기 고명이나 달걀지단이 얹혔대도 그랬을까?

인공 수정으로 어렵게 임신한 여자가 뱃속의 아이를 사산한 뒤에도 계모는 국수를 끓여주었다. 이상하게도 여자는 궁상맞은 국수를 한 그릇 달게 받아 먹었다. 세월이 흘러 여자는 설암에 걸린 계모에게 그 부드러운 국수를 끓여주기 위해 밀가루 반죽을 시작한다. 소금이 물에 녹기를 기다리다 야박스러울 만큼 조금씩, 물을 부어가며 밀가루를 뒤적인다. 밀가루가 축축하게 손에 젖어들고 엉기는 시간을 견딘다. 여자는 양푼에 들붙으려는 밀가루를 손가락으로 악착스레 긁어내며 생각한다. 계모처럼 차지고 끈기 있게 반죽하려면 얼마나 손목이 저리도록 이겨대야 하는 걸까? 석녀인 계모의 운명을 자신이 그대로 닮는 것은 아닐까, 여자는 증오심을 가지고 반죽을 누른다. 꾹꾹.

90

국수를 끓인 뒤 양념장이 고루 섞이게 면을 뒤적여 계모 앞에 내놓는다. 국숫발이 젓가락에 서너 가락 말려 올라오지만 계모는 그 국수를 삼키지 못한다. 여자는 계모가 먹기 좋게 숟가락으로 국수 가락을 뚝뚝 끊어주며 묻는다. 내가 전에 국수를 쏟아버려 서운하지 않았느냐고. 냉골 같은 의붓자식을 키우느니 차라리 도망가지 그랬느냐고. 계모는 서운한 게 하나도 없다고 말한다. 왜냐? 계모는 손국수를 잘 끓이는 사람이니까. 의붓자식인 여자와도 언젠간 국수 반죽처럼 차지게 엉길 것을 미리 알고 있었으니까.

이처럼 인간과 인간을 연결하는 매개체인 국수가 잔치 음식으로 쓰이는 건 당연한 이치. 김숨의 소설에 나오는 국수는 대구 10미味 중 하나인 누른국수다. 충청도에서 자란 김숨이 미처 몰랐거나 언어의 추상성을 표현하기 위해 일부러 국수라는 제목을 달았는지도 모른다.

대구 서문시장 국수 골목에 가면 '누른국수' 또는 '누른국'
이라 써 붙인 가게가 즐비하다. 옛날엔 좌판에 여러 사람이 엉
덩이를 붙이고 먹었다. 콩가루를 살살 뿌려가며 반죽한 국숫
발로 끓인 누른국수는 씹을 것도 없이 목으로 훌렁 넘어간다.
부드럽기로는 국수 중 최고다. 요즘은 세태에 맞게 호박 고명
도 슬금슬금 올라오지만 양념장만 넣어야 담백하고 고소한 맛
을 제대로 즐길 수 있다. 대구는 누른국수 못지않게 건진국수
도 유명하다.

청양고추
멸치비빔장

누진세 폭탄을 맞을까봐 하루 서너 시간 에어컨을 켠다. 나머지 시간에는 선풍기 바람을 안고 있을 수밖에 없다. 생각은 분해되어 날아가고 글의 맥락조차 짚이지 않는다. 글은 미룰 수 있지만 밥을 미룰 수는 없는 법. 유례없는 폭염으로 모든 것이 무르고 시어터졌다. 그래도 먹여야 한다, 하나 남은 저 취업준비생.

취업이 이리 힘든 줄 몰랐다. 아이들이 중고등학교 다닐 땐 대학 입시가 끝나면 만세 삼창 부를 줄 알았는데. 딸을 결혼시킨 뒤 모든 짐을 벗었다고 생각한 순간, 하나가 넷으로 혹 불어나 걱정거리를 세트로 안겨주더라는 선배의 조언도 잊지 말자. 현재가 가장 편안하고 홀가분하다는 것, 안심하는 순간 인생이라는 놈이 불시에 뒤통수를 친다는 사실도.

식탁을 차리기 전 요리하는 것이 내 방식이지만 폭염으로 라이프 스타일조차 바뀌었다. 그날의 요리는 새벽에, 시장은 해질 무렵 보기. 그것도 일인지라 때론 인터넷 쇼핑의 유혹을 받지만, 재료는 눈으로 확인 후 구입하는 원칙을 깰 수는 없다. 배낭을 메고 나오자 뜨겁고 습한 열기가 후룩 달려든다. 숨쉬기가 힘들다. 폐점 시간이 가까운 재래시장에 도착하니 그제야 오감이 활짝 열린다. 내가 세상과 조우하는 특별한 시간.

붉은 알전구가 켜진 과일 가게에서 수박부터 고른다. 사흘 전에 13,800원 하던 같은 크기의 수박이 28,500원으로 올랐다. 그나마 물량도 적다. 올해 수박 농사가 풍년인데 그 많은 수박은 어디로 도망간 것일까? 보나마나 저온 창고에 쟁여져 있을 테지. 설비가 훌륭해도 생물을 마냥 저장할 수는 없는 노릇, 길어야 일주일 놀음이겠지. 폭염을 노린 중간 상인들의 농간이 얄미워 당분간 수박은 외면하자.

　말랑한 백도를 한 상자 산 뒤 시장을 모조리 훑었지만 삭힌 고추가 없다! 염천에 불 앞에서 매일 지지고 볶을 수는 없는 일. 이럴 땐 저장하기 좋은 고추멸치비빔장이 최고인데. 개운하고 아릿한 추억의 그 맛! 포기할 순 없지.

　동네 마트에서 삭힌 고추 대신 쓸 청양고추와 풋고추, 홍고추를 고른 뒤 제철 채소와 생필품을 샀다. 찬이 부실할 때 식탁에 간단히 올릴 연두부와 생낫토도 폭염 비상식량으로 챙겼다. 우리 동네 마트는 2만 원어치 이상 물건을 사면 배달해준다. 시장과 마트를 한 바퀴 도는 데 걸리는 시간은 1시간 30분, 산책하고 세상 민심도 읽으니 일거양득이다.

　이 더위에 아이 반찬, 어른 반찬 따로 만들 수는 없다. 맵고 짠 요리로 인생을 미리 간 보는 것도 나쁘진 않을 터. 오늘의

요리는 폭염으로 입맛을 잃은 사람을 위한 경상도식 청양고추멸치비빔장.

준비물

풋고추 11개, 홍고추 2개, 청양고추 6개, 생표고 3장,

통통한 멸치 한 줌, 물 한 컵 반, 국간장 2큰술, 양조간장 1큰술,

맛술 1큰술, 참기름 1큰술, 다진 마늘, 설탕 약간.

1. 머리와 내장을 뗀 멸치는 약한 불에 살짝 볶아 비린내를 날려준 뒤 굵게 갈아준다.

2. 불린 표고와 각종 고추를 곱게 다진다.

3. 달궈진 팬에 다진 마늘과 표고버섯을 볶다가 한 컵 반 분량의 물과 간 멸치를 넣고 뭉근히 끓인다.

4. 육수가 우러나면 고추를 투입한 뒤 간장(칼칼한 국간장과 부드러운 맛을 위해 양조간장을 1큰술 섞는다)으로 간한다.

5. 비빔장이 바특해질 때까지 졸인 후 참기름과 맛술, 설탕으로 마무리한다.

갓 지은 밥에 완성된 비빔장을 넣어 비비니 혀끝이 화하다. 매운 고추에 어우러진 진하고 구수한 멸치 맛, 중간에 쫄깃하게 씹히는 표고도 매력적이다. 삭힌 고추가 아쉽지 않다. 그사이 매운 걸 싫어하는 아들을 위해 호박잎을 찐다. 넓게 편 호박잎에 밥과 비빔장을 얹어 돌돌 만다. 흰 도자 접시에 담긴 푸른 주먹밥 여섯 개, 그래도 매울세라 간장 소스를 끼얹어 구운 가지와 샐러드를 곁들인다. 소풍 도시락으로 알맞지만 염천이라 참는다.

먹는다, 홍합 스파게티 타령을 하던 아들이 먹는다! 청양고추멸치비빔장이 입에 맞다면 이미 살짝 늙었거나 늙을 준비를 한다는 얘기. 아들아, 넌 이제 완전히 낡였어. 성인 세계 입문을 환영한다!

옹심이
메밀칼국수

"감자 좋아하시죠? 이천에 한번 내려오세요. 메밀칼국수로 유명한 집이 있거든요."

메밀칼국수에 웬 감자? 그래도 감자라니. 지인의 유혹에 혀가 먼저 반응한다. '찐감자와 책만 넣어주면 두서너 달은 군말 없이 방안에 갇혀 있을 애'라던 어머니의 말씀도 생각난다. 어릴 적부터 감자를 워낙 좋아해서 강원도를 친숙하게 여겼지만 강원도 사람을 만날 기회는 별반 없었다.

훗날 문단에 나와서 강원도 출신 작가를 여럿 만났다. 이경

자·이순원 선배, 김별아·김도연 후배 등등. 이들은 각기 개별적인 고유성을 갖고 있지만 단체로 뭉칠 때면 공통적으로 내재된 '울뚝밸' 같은 것, 도무지 세련되지 못한 '강원도스러운' 그 무엇이 보인다. 그러한 기질은 그들이 자주 먹은 음식 때문이 아닐까 싶다. 나는 일단 감자에 혐의점을 두는데, 그 지방에서 많이 생산되는 작물의 어떤 성분이 거기 사는 사람들의 기질 형성에 일정 부분 기여한다고 본다.

이들 중 가장 '강원도스러운' 작가는 단연 김도연이다. 김도연의 장점은 인간성이 무지 좋다는 것이고, 단점은 안 팔릴 소설만 골라서 쓴다는 점이다. 2010년도에 그가 쓴 『소와 함께 여행하는 법』(열림원, 2010)이라는 장편이 영화화됐다. 마침 좋아하던 임순례 감독이 만든 영화여서 딸(물론 협박해서)과 함께 극장에 갔다. 김도연은 어쩌자고 그랬던 것일까? 술에 취해 벌건 얼굴로 영화에 등장했다. "저러면 영화 말아먹는데……" 같이 보던 딸아이가 옆에서 작게 웅얼거렸다. 정말이지 올해는 김도연이 결혼했으면 좋겠다. 참한 여자가 김도연 작가 좀 제발 데려갔으면 좋겠다(그래서 탁구 치자고, 술 마시자고, 글쓰는 후배들 그만 들쑤시면 좋겠다).

어쨌든 감자로 만든 옹심이라…… 방구석 귀신인 나를 경기도까지 불러내기엔 너무 소박한 메뉴가 아닌가? 비주얼 쇼크를 일으킬 만큼 화려한 요리가 널린 시대에 사라져가는 향토 음식을 기록으로 남기겠다는 내 엉뚱한 발상, 나중에 시간이 되면 종가 음식도 차분히 엮어보겠다는 야무진 계획이 달성될지는 모르지만, 내 집필 콘셉트에는 들어맞는 메뉴였다.

메밀칼국수를 먹으러 가던 날은 더위가 절정에 달했다. 이천 중앙교회를 지나자 정수리를 지질 듯 불볕이 쏟아졌다. 이런 날 누가 뜨거운 칼국수를 먹을까? 날을 잘못 잡았다는 생각이 들 즈음 비닐하우스처럼 생긴 곳에 두 줄로 길게 늘어선 사람들이 보였다. 뭐냐고 물으니 저곳이 그 칼국숫집이란다.

지인이 시키는 대로 승용차를 주차한 뒤 번호표를 뽑았다.

허름한 가게 앞에 대기석으로 보이는 플라스틱 의자가 줄줄이 놓여 있다. 그늘막을 친 입구에서 땀을 흘리며 앉아 있으려니 처량한 생각이 들었고 줄은 좀체 줄어들 기미가 보이지 않았다. 족히 40여 분을 기다린 끝에 식당에 들어설 수 있었다. 칼국수를 시키자 전채로 보리밥 서너 숟갈과 열무김치, 무생채가 딸려 나왔다. 요즘 보기 드문 겉보리로 지은 밥이라 더욱 구미가 당겼다. 비벼 먹으니 그야말로 입에 쩍 들러붙는다.

이윽고 메밀칼국수가 나왔는데 감잣가루가 풀린 국물은 진했고 메밀로 민 칼국수는 살갑고 유순했다. 감자로 만든 옹심이는 생각 외로 쫄깃하다. 찹쌀과 다른 질감의 쫄깃함이다. 감자와 메밀의 조화가 뜻밖에 훌륭해서 국물을 마지막 한 방울까지 알뜰히 마시자 몸이 온통 땀으로 젖는다. 왜 뜨거운 음식을 먹으며 시원하다고 말하는지 이제야 알겠다. 감자의 효과가 대단하다고 나는 지인에게 엄지를 척, 치켜들었다.

이천 시청 사거리에 있는 이천 옹심이메밀칼국수(경기도 이

천시 향교로 242, 031-633-1328)에 가려면 인내심이 있어야 한다. 부근에 기다릴 만한 찻집도 없다. 옹심이메밀칼국수는 7천 원, 옹심이만 나오는 것은 8천 원이다. 실버 세대가 반할 맛.

메기매운탕

집에 있어봤자 작업이 될 것 같지 않았다. 실시간으로 올라오는 뉴스만 검색할 게 뻔했다. 플롯, 전개, 캐릭터까지 완벽한 구조로 짜인 흥미진진하고 막강한 이야기. 요즘 뉴스를 누가 이길 수 있을까. 하여 손 털고 단풍 보러 나섰다. 장성 백양사. 정확히 말하면 불타는 백암산이 물속에 얼비치는 쌍계루 앞 연못이 최종 목적지였다.

10월 스무아흐레, 남도의 단풍은 아직 들지 않았다. 계집아이 귀밑머리만큼이나 될까. 약 올리듯 산기슭 아랫부분만 불그레하다. 갓길에 차를 대고 단풍잎 하날 주워보니 군데군데 먹 점 같은 게 박혀 있다. 공연히 언짢아진 심사를 다독이며 장성으로 향했다.

　낮고 둥근 산, 넓은 들, 남도에 오면 눈이 순해진다. 내륙에서 태어나 그런지 바다가 가까운 이 고장 사람들이 부럽다. 농부는 아무리 부농이어도 특상품은 갈무리해 시장에 죄 내다 파는데, 하루가 지나면 상하는 생선은 자식들 입에 먼저 들어간다. 하여 농촌보단 어촌 아이들의 기초 체력이 좋다는 말도 있다(일례로 유용주 시인을 보라. 그도 한때 서해안에 살았다. 우리는 파도가 밀려오면 휩쓸릴까 벌벌 떠는데 그는 파도를 거스르며 반대 방향으로 유유히 헤엄쳐 나아간다).
　농부와 어부의 자식을 비교하며 떠드느라 창밖으로 옥빛 물길이 굽이굽이 펼쳐지는 것도 몰랐다. 산수화가 따로 없다. 단풍이 절정도 아닌데 굳이 백양사까지 갈 게 뭐 있나, 풍광 좋은 곳에서 쉬어 가자고 중론이 모였다.

금강산도 식후경, 용흥저수지 앞 석수산장(전남 담양군 월산면 용흥사길 341, 061-381-3168) 간판이 보인다. 메기매운탕은 즉흥적으로 선택한 메뉴였다. 네 명이 먹을 매운탕이 넓은 오지 그릇에 담겨 나왔다. 공깃밥 포함 5만 원. 탕이 어느 정도 끓으니 수북이 얹힌 채소의 숨이 죽는다. 그제야 드러나는 메기의 몸통. 커다란 입을 보고 기겁하자 일행 중 하나가 어두육미라며 머리 부분을 냉큼 건져간다. 메기가 너무 커서 혹시 양식이 아니냐고 물으니 바깥주인이 저수지 어업허가권을 보여준다.

두툼한 메기 살은 담백했고 들깻가루를 푼 매운탕은 맛이 깊었다. 메기를 품은 채 푹 무른 무시래기가 일품이다. 값비싼 채소와 수제비, 라면 사리도 없이 오로지 자연산 메기로 승부하는 집. 조리법 좀 가르쳐달라 청했더니 메기를 손질해서 팔팔 끓이면 된단다. 그게 전부다. 본래 말투인 듯했다. 이러면 글이 무력해진다. 수많은 공정이 들었음 직한 잔손질을 무無로 만들어버리는 저 말. 집에서 뭐 했냐 물으면 아무것도 안

했다는 대답과 다르지 않다. 빨래와 청소, 다림질, 심지어 장독까지 반들반들 닦았는데도 표가 나는 일이 아니기에 그냥 놀았다고 답하던 우리네 어머니 말씨와 닮았다. 묻는 만큼 딱 고만큼만 답한다.

1. 끓는 물에 손질한 메기와 갖은양념으로 버무린 무시래기를 넣는다.
2. 집된장+소금으로 간한 뒤 후추+생강+파+마늘+고춧가루+들깻가루를 넣는다.

탕이 한소끔 끓으면 마지막에 제철 채소를 넣는다고 하는데 그게 다는 아닌 것 같다. 바깥주인이 옆에서 거든다.

"잡어 말린 생선가루, 우린 그걸 넣어요."

그래서 국물 맛이 깊었나보다.

식사를 끝내고 고개를 드니 용흥저수지가 눈앞에 다가온다. 담양군 월산면 용흥리. 1988년 죽림마을 30여 가구가 이곳에 수몰되었다. 마을 하나를 집어삼킨 물이라 저수지보다 큰 호수에 가깝다. 붉은 감을 주렁주렁 매단 늙은 감나무 한 그루, 수몰된 고향을 바라보듯 물가에 홀로 서 있다. 때마침 까치 두어 마리, 수면 위를 고요히 난다.

후식으로 나온 살캉살캉한 단감을 씹으며 길 끝에 있는 용흥사로 들어선다. 삼국시대부터 있었다는 이 절은 백양사의 말사 가운데 하나. 숙종 19년, 궁녀 최씨가 이곳에서 기도한 뒤 영조를 낳았다는 설이 있다. 산문 아래 부도 일곱 기를 본 뒤 자박자박 돌계단을 오른다. 용구산 자락에 겸손하게 들어선 대웅전의 처마가 다정하다. 이런 데서 낮잠이나 한숨 잤으면. 산신각 쪽마루에 앉아 조는 듯 해바라기를 하다 내려왔다. 백양사 단풍을 보러 갔다가 용흥저수지를 보고 담양 떡갈비를 쓰려다 메기매운탕을 쓰는 것. 이런 게 인생일지도.

명태회
막국수

지금 아파트 단지 소공원에서 자원순환센터 건립 반대 모임이 열리고 있다. 글밥을 먹은 지 20년이 지났는데 자원순환센터가 뭔지 단번에 알아듣지 못했다.

"남부교도소가 들어선 지 얼마나 됐다고 또 쓰레기 폐기장을 짓는다니, 해도 너무하지 뭐예요. 여기서 더는 못살 것 같아요."

기간제 교사인 앞집 여자는 곧 이사할 계획이란다.

내가 사는 구로구 오류동은 숲으로 둘러싸인 쾌적한 동네다. 지하철 역사와 푸른 수목원, 성공회대가 가까이 있고 꽃길을 따라 저수지를 산책하면 사계절의 순환을 온몸으로 느낄 수 있다. 슬리퍼를 신고 편하게 갈 수 있는, 내가 가장 사랑하는 오류도서관도 아파트에서 5분 거리에 있다. 무엇보다 집값이 싸서 작가들이 서식하기엔 맞춤한 곳이다.

나는 이곳에서 16년간 살았고 두 아이를 키웠다. 아파트는 7년 주기로 옮겨 살아야 되는 거라고, 우리처럼 한곳에 붙박여 살면 자기네나 나나 굶어 죽기 십상이라며 상가 부동산 아저씨는 볼 때마다 조언한다. 책을 몽땅 들어내면 아파트가 무너질까봐, 아이들에겐 고향 같은 곳이라 이사할 엄두를 못 낸다고 번번이 핑계 대지만 나는 이 동네를 뜨고 싶은 생각이 전혀 없다. 가능하면 여기서 늙고 싶다.

"혐오 시설은 땅값 비싼 동네에 지으면 안 되는 법이라도 있나요?"

열린 창으로 마을 주민의 새된 목소리가 확성기를 타고 들려온다. 나도 그 모임에 참석하고 싶지만 찔리는 구석이 있어서 못 갔다. 꼬박꼬박 집밥을 먹는 터라 음식 쓰레기를 남보다 많이 배출한다. 꽃은 되도록 내 곁에 심고 쓰레기는 딴 동네 버리고 싶은 게 인지상정이라는 말, 행동하지 않는 양심 운운 따위의 말이 머릿속에 맴돌아 이도 저도 못하고 우물쭈물하는데, 속은 또 왜 이리 타는지……

이처럼 잡다한 일로 스트레스를 받을 땐 메밀막국수가 좋다. 메밀에는 순환기 계통의 기능을 높여주는 루틴rutin이 함유되어 있다. 메밀 면을 끓는 물에 6분 동안 삶고 뚜껑을 덮은 채 2분가량 뜸을 들인 뒤 찬물에 헹군다. 회로 먹을 명태는 미리 손봐야 한다.

1. 잘 마른 명태 껍질을 벗긴 후 살만 물에 불린다.
2. 소스(고추장+고춧가루+배+매실액+마늘+대파)를 팔팔 끓인다. 끓인 소스를 식힌 뒤 마른 고춧가루를 한 줌 정도 넣어 3개월간 저장한다(톡 쏘는 매운맛을 얻기 위해). 저장해둔

소스를 불린 명태에 질퍽할 정도로 충분히 끼얹어 보름간 숙성하면 맛있는 명태회가 탄생한다.

막국수용 육수(소뼈+사태+양파+무+다시마)는 팔팔 끓인 뒤 차게 식힌다. 삶은 메밀 면에 절인 무와 오이, 명태회를 넣고 식힌 육수를 붓는다. 삶은 달걀과 통깨, 김 부스러기를 고명으로 올리면 군침 도는 막국수가 완성된다. 명태회에 들어간 소스가 충분하므로 막국수를 비빌 때 다른 소스가 필요치 않다. 숙성된 명태회는 생각처럼 거칠지 않고 부드러워 입에 넣으면 씹을 새도 없이 살살 녹는다. 일반 회와는 다른 감칠맛이 있다.

주부들의 비밀 병기인 양념장 때문에 소스 만드는 법을 길게 설명했다. 가정에서 이런 방법으로 양념장을 만들어 저장하면 조림이나 찌개를 끓일 때 편리하다. 저장된 양념장을 넣고 주재료가 해산물이냐 고기냐에 따라 한두 가지 양념만 추가하면 된다.

명태회막국수

주재료를 사다가 한꺼번에 손질해 냉장고에 보관하면 가자
미조림이나 닭매운탕을 만드는 건 일도 아니다. 음악을 들으
며, 사이사이 커피를 마시며 느긋하게 조리해도 된다. 하여 오
늘의 주제는 '숙성'이다. 서울시와 구로구청의 행정도 명태회
막국수에 들어가는 소스처럼 정말이지 골고루 섞여 숙성이 잘
됐으면 좋겠다. 빈부의 격차 없이, 말이다.

해물찜
& 불곰탕

요즘처럼 일교차가 큰 날들이 이어지면 맵고 뜨거운 요리가 먹고 싶어진다. 삶이 물음표라고 생각될 때, 골목길을 걷다가 대문 앞에 내놓은 낡은 장롱의 모서리에 부딪혀 넘어졌을 때, 남은 인생의 경로가 빤하다고 생각될 때에도 매운 음식이 당긴다. 게다가 감기 기운까지 달고 있으면 해물찜 파는 식당을 그냥 지나치기 어렵다.

해물찜 하면 인천, 자극적이고 강렬한 맛을 원하는 분은 부평역 앞 해물탕 거리에 있는 해물찜이 입에 맞을 것이고, 부드

럽고 은은한 맛이 있어 질리지 않는 해물찜을 원하는 분에겐 인천 용현동 고릴라왕해물찜(인천 미추홀구 토금북로 39, 032-888-0889)이 제격이다. 이집은 밑반찬으로 깔리는 해물전이 고소하다.

커다란 접시에 산처럼 높이 쌓인 꽃게와 오징어, 낙지, 미더덕, 가리비조개와 윤기가 잘잘 도는 콩나물과 미나리. 이게 입속에 다 들어갈까 싶은데도 어느새 무지막지하게 진공청소기처럼 빨아들인다. 농익은 야채와 포실한 생선살에 스민 칼칼함, 시뻘건 콩나물을 건져 입에 넣으면 와작와작 씹는 소리가 귀가 아닌 관자놀이에서 들린다. 오장육부가 불에 지진 듯 후끈 달아오르고 강함과 부드러움의 조화가 매운 고통에 들쭉날쭉 합일된다.

마지막에 폭탄처럼 터지는 미더덕의 불꽃. 짜릿함이 송곳처럼 일어서면서 혀가 타고 목이 철 수세미로 비빈 듯 따가워진다. 같이 간 일행들과 게 눈 감추듯 해물찜을 한 접시 비우고 나면 사막 끝에 홀로 버려진 느낌이 든다.

그제야 주위를 돌아보면 손가락을 쪽쪽 빨아가며 왕성하게 씹는 사람, 입을 쫙 벌린 채 눈 감고 기도하는 사람, 아이스크림과 빨갛게 볶은 밥을 번갈아 먹는 사람이 눈에 띈다. 이렇듯 한번 매운맛에 길들여지면 중독성이 강해 쉽게 끊기 힘들다.

소설가 명지현의 장편 『교군의 맛』에도 불꽃처럼 매운맛이 나온다. 교군의 요리는 입으론 그저 맵다, 정도인데 먹을수록 몸이 더워지면서 신경이 짜릿짜릿 곤두서고 정신이 몽롱해진다. 영육이 분리되는 묘한 기분에 젖어 사람들은 자신의 껍질을 홀랑 벗어버린다.

매운맛에 도취되는 반응도 각각 다르다. 어떤 사람은 눈물을 흘리고 어떤 사람은 땀을 뻘뻘 흘리며 허풍을 떤다. 어떤 사람은 제가 간직한 비밀을 털어놓는다. 그러곤 다들 교군의 집장을 얻어가려고 안달을 떨었다.

그렇다면 교군은 무엇일까? 가마꾼을 뜻하는 말이자 마당이 넓은 고택을 지칭하는 교군은 해방 전엔 가마꾼이 가마를 세워놓고 밥을 먹거나 낮잠 자던 공간이었다. 지금의 경기도 이천이나 양주쯤으로 짐작되는데, 그 동네엔 '맨입에 앞 교군 서라 한다'는 속담이 있단다. 먹이지 않고 소처럼 일만 시켰다는 뜻이다.

해방 후 교군에 덕은이라는 한 여자아이가 부엌데기로 흘러 들어온다. 사당패가 젖동냥으로 기른 천출인데 훗날 주인 남자의 셋째 부인이자 교군의 안주인이 된다. 교군 식구들은 덕은의 손맛에 홀려 하나같이 먹다가 죽어나갔다. 덕은은 불곰탕에 곁들이는 밥도 그냥 맨밥을 내는 법이 없다. 고추씨와 북어 우린 육수로 밥을 짓는데 다들 그걸 갈색 밥이라 부른다.

"그 갈색 밥이 불곰탕과 만나면 밥알에 밴 매운 기운이 확 올라오면서 바로 죽지."

"덕은이가 교군에 들어오고부터 참 많이도 죽었다. 전처를 독살시키고 그렇게 빼앗은 서방마저 골 터뜨려 죽이고……"

교군의 먼 일가붙이들은 덕은이 차려낸 요리상을 받으며 소 곤소곤 뒷말을 하다가도 마지막엔 그녀의 손맛을 칭송한다.

"교군인데 다 죽어나가는 게 당연하죠. 교군의 밥은 먹을 때마다 고꾸라졌다 살아났다가 도로 죽는 재미로 먹는 거 아닙니까? 참 죽을 지경으로 맵네요."

미각은 지문처럼 천차만별이지만 모두가 교군의 음식에 홀리고 만다. 화통하게 혀를 볶는 맛, 미친 짐승처럼 길길이 날뛰는 맛, 울다 지쳐 혼절할 것 같은 맛, 심장을 관통하는 총알 같은 맛, 붉은 피를 머금은 맛, 목구멍을 태우고 뱃속으로 쿵 떨어지는 맛, 쓰라린 칼침 같은 맛. 그것이 교군의 맛이다.

덕은은 여기서 멈추지 않고 치명적인 독을 구해 요리에 넣는다. 그 독가루는 삶에 대한 의욕이 넘치는 사람에겐 차마 먹지 못할 정도로 역한 맛이지만 죽음을 앞둔 사람에겐 거부할 수 없는 최고의 맛으로 느껴진다. 매운 음식 속에 조금씩 넣은 독성은 혀를 마비시키는 효능을 갖는다. 죽음의 맛이 삶을 일깨우고 지극한 고통이 열락으로 전환되는 곳, 일종의 임사체험을 통해서만 다가갈 수 있는 지복의 자리. 독을 다루는 사람답게 검은 입술과 검은 혀를 가진 소설 속 덕은의 캐릭터는 너무도 매력적이다.

해방 후 단출한 하숙집이었다가 고급 요릿집으로 바뀌었고 지금은 회원제 게스트하우스가 된 교군. 그곳에 사는 세 여자. 무능한 남편 대신 가장의 역할을 떠맡은 덕은과 가수의 꿈을 가진 미란, 소신 있게 살고 싶었으나 백수가 되어버린 김이 등이 소설엔 3대에 걸친 여성 수난의 다양한 국면이 펼쳐진다. 명지현 작가는 산전수전 공중전을 겪은 여자가 요리하는 매운맛이 얼마나 독할 수 있는지 『교군의 맛』에서 그 끝을 보여준다.

본디 늦드는 단풍이 한결 붉은 법. 가을이 다 가기 전에 맑은 술 허리춤에 차고 맛 기행을 떠나는 것도 나쁘지 않으리. 늦단풍 아래 고통의 열락을 드나들며 먹는 맵디매운 요리, 상상만으로도 군침이 돌지 않는가.

프랑스식 후식 소르베
&숭늉

　프랑스 소설가 뮈리엘 바르베리가 쓴 요리소설 『맛』(민음사, 2011)의 주인공은 세계적인 음식비평가다. 그는 콜로세움에 입장하는 로마 집정관처럼 식당에 들어가 잔치의 시작을 명령하곤 했다. 식탁을 점령할 때 그는 군주였다. 자신의 영광과 결코 만족을 모르는 욕망으로 물릴 때까지 요리를 포식했다. 그는 그 회식들에 관해 신문과 방송, 각종 논단에 펜으로 소금과 꿀을 흩뿌리는 의식적이고 냉혹한 거장이었다. 그로 인해 대수롭지 않은 요리가 가장 화려한 예술의 반열에 들었다.

그런 그가 유럽에서 온 젊은 비평가를 점심 식탁에 초대했다. 미식회의 규칙은 간단했다. 먹고 나름대로 주석을 달면 그가 판정을 내린다. 그를 찬미하는 부류들이 후식으로 나온 소르베(프랑스의 전통적인 빙과)를 한 덩이 들고 언젠간 음식비평계의 거장이 되기를 바라며 전광석화로 시적인 주석의 재간과 훈련된 장광설을 내보이고 있을 때, 젊은 비평가가 주눅든 채 말한다.

"우리 할머니께서 해주시던 소르베가 생각납니다."

당연히 물어뜯기리라 예상했는데 거장은 의외로 젊은 비평가에게 따뜻한 미소를 보낸다.

"그럼 당신 할머니의 부엌에 관해 말씀해주시지요."

왜냐하면 거장의 모든 영광이 할머니의 부엌에서 나왔기 때문이다. 거장의 할머니 부엌은 남미의 뜨거운 활력이 살아 있는 곳이었고, 젊은 비평가의 할머니 부엌은 종교적인 분위기를 띤 조촐한 공간으로 이 책에 묘사되어 있다.

나는 이 대목에서 내 할머니의, 아니 큰어머니의 모욕적인

부엌을 생각한다. 우리의 후식은 소르베가 아니라 언제나 뜨거운 숭늉이었고, 그 후식을 마련하기 위해 큰어머니는 재래식 부엌 바닥에 몽당비를 깔고 앉은 채 식사를 하셨다. 개밥처럼 큰 그릇에 밥과 반찬을 끌어 담고서.

"형님, 상에서 식사하세요."

보다못한 어머니가 끌어내면 큰어머니는 절대적인 겸양이 묻어나는 몸짓으로 "동서나 상에서 먹게. 난 부엌이 편해" 하시며 손을 휘휘 내젓고는 부엌의 딱 벌어진 입구 쪽으로 천천히 들어가시곤 했다. 그러나 어머니도 사정이 별반 나을 게 없었다. 사람 축에도 못 끼는 여자들이 올망졸망 둘러앉은 두레반이라 불리는 상에 바로 앉지도 못하고 엉덩이를 옆으로 돌린 채 식사를 했다. 중간에 누군가가 부르면 재까닥 일어나기 편한 자세로. 밥을 가능한 한 빨리 먹으려고 노력하는 어머니가 내 눈엔 몹시도 비굴해 보였다.

그래서 나는 큰댁에 가면 항상 단단히 삐칠 준비를 하고 밥상 앞에 앉았다. 저 멀리 보이는 대청마루엔 할머니와 사촌 남동생이 의젓하게 겸상을 하고, 아버지와 큰아버지는 안방과 건넌방 사이 마루에서 서로 마주본 채 식사했다. 이제 막 늙기 시작하거나 어린 여자들은 부엌 가까운 곳에 놓인 두레반에 둘러앉아 밥을 먹었는데 장소가 좁은 탓에 젓가락질을 하다가도 팔을 부딪치기 일쑤였다.

드물게 불고기와 빨갛게 양념한 더덕, 생선이 석쇠에서 노릇노릇 구워져도 여자들의 상엔 그것들이 오르지 않았다. 일종의 예의인 듯 할머니와 아버지, 큰아버지가 자신의 몫을 덜어내어 점잖게 물려주면 우리는 그걸 맛보기도 전에 벌써 그 향에 반해버렸다. 장작의 화력에 취한 생선과 불고기의 끄트머리에서 지글지글 끓고 있던 지방의 풍미. 맹금같이 거친 내 눈빛도 단백질의 맛 앞에선 예외 없이 녹고 말았다.

식사 때가 되면 별안간 엄격해지는 카스트 제도 때문에 나는 수시로 울화통이 터졌고 밥을 먹다 급체하기 일쑤여서 한약 냄새가 고약한 기응환을 달고 살았다. 혀끝에서 녹던 씁쓰레한 그 환약의 맛은 모욕과 비굴, 언젠가는 깨부수어야 할 부당함의 모든 것이었다.

밥보다는 숭늉에, 졸인 생선 밑에 깔린 미천한 시래기에 맛의 절정인 맛 봉오리가 숨겨져 있음을 깨달은 것은 서른이 넘은 뒤였다. 냄비에 눌어붙은 허접스러운 그것을 맛나다며 긁어먹던 큰어머니와 어머니를 슬픔 가득한 눈으로 쳐다보다 체하기 일쑤였던 과거를 시나브로 떠올리기도 했다. 시래기가 진짜 맛나다는 걸 안 뒤부터 그간 날 짓눌렀던 마음의 짐을 훌훌 벗어던졌다. 한없이 처량해 보이던 큰어머니와 어머니가 실은 자신의 부엌을 관장하던 당당한 주관자였다는 것도 내 부엌을 가진 후에 알았다.

밥 위에 얹힌 감자와 호박잎, 달걀찜. 가마솥의 장작불 하나로 밥과 찜, 구이, 찌개를 동시다발로 해냈던 활기찬 재래식 부엌, 해마다 보들보들한 새 흙으로 단장하던 부뚜막, 입이 궁금할 즈음이면 아궁이에서 타닥거리며 튀어나오던 군밤과 군고

구마, 그것들의 맛이 그리워지기 시작한 건 마흔이 넘어서였다. 나이들면 안 보이던 것들이 환하게 보이기도 한다. 하지만 서슬 퍼런 날카로움은 재래식 부엌의 불씨처럼 서서히 꺼져간다. 그게 작가에겐 독일까, 득일까?

메인 요리
&사이드 요리

작년 송년 모임 시즌은 어느 때보다 조용했다. 경기 탓도 있고 크리스마스 캐럴이 사라진 탓도 있었을 것이다. 모임에 가면 분위기와 흐름을 자유자재로 주도하는 사람이 있는가 하면, 밤새 거기 있는지 모르는 사람도 있고, 잠깐 참석했다 가는데도 만인의 시선을 사로잡는 사람이 있다.

상차림도 이와 다를 바 없다. 심심풀이 전채와 사이드로 곁들이는 별미 요리가 나오면 마지막에 메인 요리가 화려하게 등장한다. 그날 모임의 성패는 메인 요리가 좌우한다. 하여 굽고

튀기고 수없이 뒤집어지는 노역을 감당한 뒤에도 각종 포크에 난도질당하는 게 메인이다.

메인의 비극은 거기에 있다. 사이드 요리처럼 누군가의 그늘에 숨을 수 없는 운명, 그래서 그 모든 걸 홀로 감당하는 자가 메인이 되는 것이다.

요즘은 주로 밖에서 모이기 때문에 초대상을 차릴 일이 별로 없다. 기껏해야 집들이 정도가 남아 있을까? 손님을 집에서 맞이한다고 극진하게 애태우지 마라. 그냥 자기가 잘하는 걸 준비하면 된다. 요리에 젬병인 분들도 가급적 혼자 해보시라 권하고 싶다. 집주인이 한 음식과 그러지 않은 음식은 단박에 표가 난다. 간이 안 맞고 설익은 요리라 할지라도 정성을 생각해 흔쾌히 먹어준다. 훗날 귀여운(?) 그 요리가 지인들 사이에 두고두고 즐겁게 회자된다면 당신의 전략은 성공한 것이다.

요리를 잘하는 비결은 별거 없다. 일단 덤비고 보는 것, 요리하는 걸 겁내지 않으면 된다. 처음부터 잘할 생각일랑 아예 하지 마시라. 난다 긴다 하는 프로도 수많은 실패 끝에 지금의 손맛을 가지게 된 것이다. 그저 소요한다 생각하고 방심한 상태로 느긋하게 준비하면 요리가 즐거워진다.

나는 해물 요리에 취약하다. 고향이 충북 영동이라 그런지 내가 하면 이상하리만큼 해물 맛이 살아나질 않는다. 그런 탓에 내 요리 목록엔 해물 요리가 없다. 못하는 걸 굳이 할 필요는 없다. 나는 손님상을 차릴 때 닭안심꼬치구이를 메인으로 단호박베이컨말이를 사이드 요리로 즐겨 낸다. 이유는 들이는 품(직장인에겐 이거 몹시 중요하다!)에 비해 맛과 폼을 동시에 잡을 수 있기 때문이다.

닭안심꼬치구이는 카레가루+고추기름+다진 마늘+두유(포인트)에 푹 재운 안심을 꼬치에 푹푹 꿰어 구우면 끝이다(오븐에 몇 도 몇 분, 이런 거 골치 아프게 기억하지 마시라). 프라이팬과 오븐, 전자레인지를 취향대로 선택해서 닭꼬치 몇

개를 태워보면 바로 요령이 생긴다. 닭안심엔 땅콩소스가 어울린다. 신선하고 새콤한 뒷맛을 원한다면 다진 양파와 간장, 식초를 땅콩소스에 살짝 섞어도 좋다.

단호박베이컨말이는 맥주 안주로도 어울린다. 손질한 단호박을 여덟 조각 낸 후 솥에 찐다. 찐 단호박에 짭조름한 베이컨을 돌돌 만다. 여기에 소금+후추+청주를 뿌려 밑간한 뒤 프라이팬에 노릇노릇 구우면 맛이 한결 격상된다. 칼로리에 신경 쓰지 않아도 되는 분들은 단호박 대신 감자를 써도 무방하다.

이쯤에서 짚어보는 요리의 키포인트! 세상의 모든 맛난 요리는 우리가 생각한 것보다 한두 개의 공정(일례를 들자면 생선조림은 생선을 굽거나 말린 후 조려야 맛남; 물 좋은 생선은 그냥 조려도 되지만)을 더 거친다. 그래서 당신의 요리가 물에 물탄 듯 술에 술 탄 듯 밍밍했던 것이다. 학교 때 공부 잘하던 친구를 생각해보라. 우리가 쉬는 시간에도 그들은 짬을 내어 예습 복습을 했다. 태어날 때부터 머리가 좋은 게 아니라 그들이

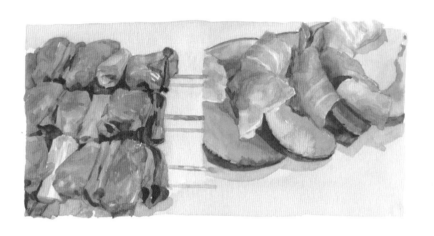

우리보다 한두 개의 과정을 더 이행했을 뿐이다!

위의 메뉴가 싫증나면 양념이 잘된 LA갈비구이나 허브 향이 솔솔 나는 부드러운 연어구이로 바꿔도 좋다. 그 외 샐러드와 마지막엔 언제나 잔치국수를 낸다. 느끼하거나 매운 요리를 먹은 뒤 잔치국수로 마무리하면 입안이 깔끔하고 속도 개운하다. 멸치 육수만 진하지 않으면 서양 친구들도 활짝 반기는 게 잔치국수다.

잔치국수는 국숫발이 퍼지지 않게 마지막에 내는 게 좋고, 테이블 세팅에도 관심을 기울여야 한다. 안 그러면 값싼 천덕꾸러기로 전락하기 십상이니. 우묵한 흰 그릇에 국수를 담되 중접시를 받침으로 사용하면 기품 있어 보인다. 이때 색색의 고명을 사각이나 긴 도기 접시에 따로 곁들이면 상 위에 한 떨기 꽃이 핀다. 보기 좋은 떡이 먹기에 좋다는 말을 항상 명심할 것.

MIT 공과대학 기숙사의
배추전

"나, 인천공항이야. 방금 도착했어."

조카가 왔다. 이번에도 기별 없이 왔다가 하룻밤 묵고 지구 반대편으로 훌쩍 날아갈 게 뻔하다. 도깨비 같은 녀석. 조카애의 학교는 싱가포르, 집은 애틀랜타에 있다. 1년에 두어 번 집에 갈 때마다 지구를 반 바퀴 돈다. 한국은 중간 기착지.

"뭐 먹고 싶니?"

나는 빠르게 묻는다. 시간이 없다. 아이가 대답하기도 전에 서둘러 전화를 끊고 냉장고 문을 연다. 아이의 답은, 이미 알고 있다.

신문지에 싸인 배추를 다듬은 뒤 아삭한 식감이 살아나도록 끓는 물에 살짝 데친다. 배추의 겉면만 숨이 죽게 데치는 게 포인트. 미지근한 물에 5시간 정도 우린 치자 물로 반죽해야 배추전이 곱지만 바쁘니 생략, 배춧잎 두 장을 밀가루 반죽에 적신 후 프라이팬에 펼친다. 배추전은 들기름으로 부쳐야 고소하다. 배춧잎이 들뜨지 않도록 사이사이에 반죽을 흘려넣고 뒤지개로 판판하게 누른다. 배추전을 다섯 장째 부치는데 조카가 캐리어를 끌고 들어온다.

"이모, 보고 싶었어!"

인사를 하자마자 배추전부터 널름 떼어 먹는다.

"오, 순수한 맛. 아무리 먹어도 질리지 않아."

그제야 아이의 얼굴이 평온해진다.

초등학교 5학년 때 해외 주재원인 아빠를 따라 미국으로 건너간 조카는 MIT 공대에서 기계공학과 경영학을 전공했다. 한국에서 그냥저냥 공부하던 아이가 MIT에 진학할 수 있었던 건 오로지 백인 애들의 따돌림 덕분이다. 미국으로 이주한 첫

해, 영어 끝말잇기 시험이 있었는데 성적이 좋았다. 말도 못하는 인간이 시험을 잘 본다며, 반 애들이 조카를 따돌렸다. 같이 놀 친구가 없었던 탓에 절치부심 공부에 매진했고, 연거푸 최고 성적을 거두자 따돌림 현상이 사라졌다. 그때부터 조카애는 배추전을 먹기 시작했다.

"배추전을 씹으면 줄기에서 물이 흘러나와. 그게 샘물처럼 시원해."

수분이 듬뿍 함유된 배추 본연의 맛이 아이의 타는 속을 달래주었다. 하여 제 엄마가 배추전을 냉동시켜 택배로 보내면 한 장씩 꺼내 전자레인지에 데워 먹는다. 시험 기간마다 MIT 기숙사 복도엔 배추전 냄새가 은은하게 퍼지곤 했다. 들기름 냄새를 질색하던 룸메이트도 졸업 무렵엔 배추전 마니아가 됐다. 아이에게 배추전은 고국의 맛이자, 근원적이고 원초적인 어떤 힘을 제공하는 모양이다. 일테면 부적이나 주술 같은.

오물거리며 배추전을 먹던 아이가 별안간 전기료를 내야 한다며 노트북을 켠다. 얼마나 바쁘면 싱가포르에서 쓴 전기료를 한국에서 컴퓨터로 내는 것일까?

"그러게 핵공학을 전공하면 좀 좋아. 꼴이 그게 뭐냐?"

나는 마뜩잖은 눈으로 흘겨본다. 스물여덟, 꽃다운 나이에 민얼굴에 떡 진 머리라니. 해도 너무하잖아! 이틀 동안 머리도 못 감았단다. 잠인들 제대로 잤을까? 과중한 프로젝트 탓이리라.

MIT에서 석사과정을 마친 아이는 지도교수를 따라 프랑스 인시아드INSEAD대학으로 옮겼다. 지금은 그 대학의 싱가포르 분교에서 박사과정을 밟고 있다. 아이가 MIT 공대에 붙었다는 소식을 들었을 때 나는 핵! 핵! 소리를 지르며 핵공학을 적극 추천했다. 기어이 기계공학을 선택하더니 저 꼴이 뭔가? 핵공학을 하면 지금쯤 보스턴에서 편하게 공부할 텐데. 인시아드 대학이 MBA로 유명하면 뭐하나. 집에 다녀오려면 지구를 반 바퀴 돌아야 하고, 왕복 비행기 표를 사기 위해 저 고생을 하는데.

논문이 통과되면 조카애는 어느 대학이든 자리를 잡을 것이다. 학생들을 지도하며 좁은 연구실에서 평생을 보내게 되겠지. 아이의 노력과 집념이 높은 연구 성과를 올리기도 하고 어느 날은 꿈꾸던 이상과 열정이 재처럼 사위는 걸 느끼기도 할 것이다. 자기 능력을 의심하며 불안과 공포로 머리카락을 쥐어뜯는 날도 많겠지. 그때마다 아이는 배추전을 먹을 것이다.

인간에겐 저마다 특별한 음식이 있다. 조카애처럼 자신만의 요리를 일찍 발견하면 거기에 지친 어깨를 잠시 기대고 사는 것도 나쁘지 않다. 지금 내가 할 일은 배추전을 팔이 아프도록 부치는 것. 당신 인생의 음식은 무엇인가?

장터국밥

한국인은 밥심으로 산다는 말이 있다. 밥이 얼마나 중요한지 알려주는 표현이다. 지금은 먹을거리가 다양해 밥공기의 크기가 작아졌지만 불과 20여 년 전만 해도 그릇이 크고 한끼에 먹는 양도 많았다. 가까운 일본이나 중국은 손에 들고 먹을 수 있도록 가뿐하게 생긴 공기 형태이지만 우리는 크고 무거운 주발에 수북이 담긴 밥을 국과 함께 먹었다. 만약 식사 중간에 밥그릇을 이리저리 움직이거나 손에 들고 먹으면 경망하여 복이 달아난다며 '대꼬바리'라 불리던 할아버지의 긴 담뱃대가 여지없이 정수리로 날아오곤 했다.

날씨가 쌀쌀해지면 식구들의 원기를 돋운다며 밥상에 한차례씩 고깃국이 올랐는데 살코기가 아니라 소와 돼지 등뼈를 폭 곤 육수에 무와 시래기 따위를 넣은 것이다. 거기에 밥을 말면 뱃속이 금방 따뜻해지면서 등과 이마에 땀이 송송 맺혔다. 동시에 미룬 일이나 새로운 일을 시작할 수 있는 힘이 불끈 솟아나는 걸 느꼈다. 하여 우리가 말하는 밥심이라는 표현은 맨밥이 아닌 국밥의 힘을 가리키는 것이다.

요즘 국밥계의 으뜸은 단연 창평국밥이다. 전남 담양군 창평면 전통 시장 옆에 국밥 거리가 있다. 넌 전통을 자랑하는 원조창평시장국밥(전남 담양군 창평면 의병로 131, 061-383-4424)은 시장 안에 있다. 따로국밥은 8천 원이고 내장국밥, 선지국밥, 머리국밥은 7천 원씩이다. 이 집은 따로국밥만 밥이 따로 나오고 나머지는 토렴한 밥을 국에 넣어준다. 양파와 풋고추, 김치, 깍두기가 나온 뒤 이윽고 주문한 따로국밥이 나왔다. 뚝배기에 담긴 맑은 고깃국, 선지와 돼지 내장, 암뽕순대, 매운 양념, 대파가 푸짐하게 올려져 있다. 깨끗이 손질한 돼지 뼈와 돼지머리를 은근한 불에 오래 끓여낸 육수는 겉도는 기름 한 점 없이 맑고 선지는 군내 없이 담백하고 고소하다.

기름기가 쪽 빠진 돼지 부산물은 새우젓에 찍어야 제격. 새우젓과 돼지고기가 만나면 소화액이 촉진되는 효과가 있다. 뚝배기에 넣어서 나오는 매운 양념 탓에 간을 따로 할 필요가 없고 고기는 야들야들 입에서 녹았다. 밥 따로 국 따로 몇 술 뜨면서 깊고 고소한 국물 맛을 충분히 음미한 후 남은 밥을 말았다. 고슬고슬 지은 밥은 뜨거운 국물에도 쉬 풀리지 않았고 밥알 사이로 고루 스며든 다스운 국물이 입안 가득 차올랐다.

본디 국밥은 저잣거리 음식이다. 내가 맛나다며 첫손에 꼽던 국밥집도 고향의 시장통에 있었다. 오일장이 서던 날 단짝 명순이와 우시장 쪽으로 내려가는데 웬 아저씨가 비틀비틀 다가왔다.

"여긴 웬일이냐?"

취객인 줄 알았는데 명순 아버지였다.

"아부지, 소 판 돈은 워쨌슈?"

명순이가 대뜸 불퉁거렸다.

"이이, 돈이야 잘 있제."

그는 불룩한 잠바 주머니를 자신 있게 두드리더니 국밥을 한 그릇씩 먹고 가자고 했다. 그러곤 불콰한 얼굴로 지나가는 사람마다 국밥 먹고 가라며 붙들었다.

"남세스럽게 워째 저러신다냐."

우리는 어쩐지 그가 부끄러워져서 마치 남인 듯 멀리 떨어져 앉아 국밥을 먹었다. 명순 아버지는 국밥을 먹자마자 식당 골방으로 쌩하니 들어갔다. 그 방은 어린 눈으로 보기에도 노름방 같았다.

"큰일났다. 저 돈은 소 판 돈인디…… 그래도 국밥은 오달지게 맛있다야."

소를 판 다급한 돈으로 사주는 국밥이라 그런지 맛이 다디달았다. 우리는 속도 없이 퍼먹었고 순식간에 바닥이 드러난 뚝배기를 숟가락으로 득득 긁었다. 혀에 자력 같은 게 숨어 있어서 국밥이 저절로 끌려오는 듯 느껴졌다.

그후 나는 명순이한테 묻지 못했다. 그날 그녀 아버지가 노름으로 그 돈을 죄 날리진 않았는지, 농가에선 소가 큰 일꾼인데 그걸 팔아버렸으니 고등학교에 다니던 오빠와 어머니가 소 대신 쟁기를 끌었는지에 대해서도. 이듬해 중학교를 졸업한 명순이가 구미공단으로 훌쩍 떠났기 때문이다. 지금은 철물점으로 바뀐 고향의 장터국밥집 앞을 지날 때면 엄지를 치켜들고 호기롭게 외치던 명순 아버지의 목소리가 여전히 내 귀를 쟁쟁 울린다.

"자아, 다들 와서 국밥 한 그릇씩 따땃하게 묵고들 가씨오!"

옛날
부추전

고향집에 '벤지'라는 개가 있었습니다. 이름에 걸맞게 암팡진 엉덩이를 흔들고 돌아다녀 누구에게나 사랑받던 개였습니다. 눈치가 빠르고 영리해서 아이들의 사랑을 독차지했는데요. 서울로 돌아온 이튿날부터 아이들은 외가에 다시 갈 날만 손꼽아 기다렸습니다. 많아야 1년에 네댓 번, 2, 3일 묵다 오기 일쑤인데도 녀석은 우리 모두를 기억했습니다.

고향집이 저만큼 보이면 벌써 우렁차게 짖는 벤지의 소리가 들립니다. 아이들과 녀석의 상봉은 언제 봐도 눈물겹습니다.

꼬리를 좌우로 어찌나 발랑거리던지요. 늙어서 눈이 찌부러지자 아이들은 녀석을 '삐꾸'로 부르기 시작했습니다. 고장이 났다는 뜻이지요. 기운 빠진 녀석은 전처럼 애교를 떨지 않아서 고만 눈 밖에 나고 만 것입니다.

벤지에서 삐꾸로 전락한 녀석은 그후 뇌졸중을 앓던 어머니의 충직한 반려견이 되었습니다. 한쪽 팔과 다리가 마비된 어머니는 마루의 팔걸이 소파에 항상 앉아 계셨는데, 고개를 6시 5분 전인 시계 방향으로 떨어뜨리고 있었습니다. 어머니 곁에 딱 붙어 앉은 삐꾸의 고개도 같은 방향으로 늘어져 있어 흡사 쌍둥이를 보는 것 같았지요.

뇌졸중을 앓던 어머니가 가장 좋아하던 것이 부추전입니다. 해산물과 매운 고추도 없이, 오로지 조선부추만 넣어서 솥뚜껑에 노릇노릇 지져내던 옛날 부추전. 외할머니의 치마꼬리에 묻어 따라간 잔칫집에서 얻어먹던 부추전이 그 무렵 생각나신 듯했습니다. 어머니의 부엌엔 길이 반들반들하게 든, 검고 무거운 프라이팬이 하나 있습니다. 저는 그 팬을 볼 적마다 기분이 좋아졌는데요. 거기에 밀가루를 묽게 개어 부치면 어머니는 옛날 솥뚜껑 부추전이라고 굳게 믿었습니다.

잘게 자른 부추전을 드리면 어머니는 우리가 안 보는 틈에 얼른 삐꾸에게 먹이십니다. 어머니의 손에 든 부추전을 날름 먹고도, 안 먹은 척 시침을 뗀 삐꾸의 얼굴이 가관입니다. 어머니를 말려도 보고, 개껌이나 개 간식으로 삐꾸를 유혹해도 요지부동입니다. 부추전 앞에선 둘 다 사족을 못 쓰더군요. 함께 살면 식성도 닮는 모양입니다.

뇌졸중이 진행되면 말이 어눌하고 기억력도 투미해집니다. 어머니는 지고지순형이지 총명하거나 영민하진 않습니다. 그런데도 당신이 공부를 꽤 잘한 줄 착각합니다. 뇌세포의 퇴화 현상 때문인데요. 유년의 기억을 자주 각색하고 부풀리는 통에 가족들은 그러려니 건성으로 듣습니다. 발음이 술술 새는 어머니의 얘기를 끝까지 들어주는 건 옆에 앉은 삐꾸뿐입니다. 삐꾸는 어머니와 눈도 맞추고 고개도 끄떡거립니다.

어머니가 병원에 계실 땐 삐꾸에게 신경도 쓰지 못했습니다. 어머니가 돌아가신 후 혼자 남은 삐꾸를 어찌할까, 가족회의를 했습니다. 여동생을 따라 대구로 내려간 삐꾸는 현관에서 움직이질 않았습니다. 문이 열릴 때마다 어머니가 돌아올까 기다리느라 제 집엔 들어가질 않는다더군요. 그러구러 현관을 지키던 삐꾸가 어느 날 가출하고 말았습니다. 누군가가 6시 5분 전의 방향으로 고개를 숙인 채 그 집 앞을 지나간 게지요.

폭염이 거짓말처럼 물러간 날, 시장에서 잎이 좁고 부드러운 조선부추, 일명 '정구지'를 발견했습니다. 반갑게 석 단을 사서 품에 안고 오던 중 흰 털이 회색으로 변한 개를 봤습니다. 개의 고개가 6시 5분 전의 방향을 가리킵니다. 가슴이 덜컥 내려앉아 나도 모르게 '삐꾸야!' 소리쳐 불렀습니다. 어머니가 돌아가신 뒤에도 남은 가족은 잘 먹고 잘살았습니다. 눈이 찌부러진 삐꾸만 어머니를 찾아서 가출했지요.

　유품으로 물려받은 프라이팬에 밀가루와 소금, 부추만 넣어서 담백하게 부친 부추전. 어머니와 삐꾸 몫으로 두 장을 덜어내 큰 접시에 담아 한쪽에 놓습니다. 어머니는 펜촉에 찔린 것처럼 날카로운 통증을 내 가슴에 남겼고, 삐꾸는 지난 10년 내내 눈에 밟혔습니다. 죽은 개를 위해 관을 사고 장례를 치러주는 마음을 나는 이제 이해합니다. 말 못하는 짐승한텐 곁도 주지 말고 정도 주지 말아야지, 오늘도 굳게 다짐해놓곤 이내 돌아서서 중얼거립니다. 원, 눈도 찌부러진 것이 어디서 부추전이나 얻어먹고 다니는지……

들깨미역국

    지난 휴일 가을비가 추적추적 내렸다. 어깨를 파고드는 선득한 기운, 아침인데도 오후 7시 같은 충충한 하늘빛. 우울해지기 쉬운 아침에는 주방 전등을 환하게 밝히고 따뜻한 가을 국을 끓여야 한다. 예정에 없던 메뉴여서 기민하게 움직였다. 깨끗이 씻은 통들깨를 믹서에 들들 갈아서 끓인 부드러운 미역국.

    가을을 품은 고소한 들깨 향이 집안 가득 퍼지자 뒷머리가 삐쭉 솟은 가족 1인이 좀비처럼 걸어나와 국그릇에 코를 박는다. 밥은 밀어놓고 들깨미역국만 홀홀 마시더니 별안간 어깨를 부르르 떨며 나지막이 신음한다. "어어어……" 국을 먹으며 비명은 왜 지르시나. 누가 들으면 내가 때리는 줄 알겠다.

단지 그가 간밤에 과음했을 뿐 나는 때리지 않았다. 내 주먹은 허약하다. 휴일이면 제각각인 식사 시간. 가족 1인이 떠난 식탁에 앉아서 가족 2인을 기다린다. 국은 은근한 불에 오래 끓여야 맛나지만 자른 미역을 넣고 후루룩 끓인 들깨미역국은 예외다. 나는 가스불을 줄이고 가족 2인의 방을 들여다본다. 아직도 한밤중, 침대 옆에 벗어놓은 옷가지가 수북하게 쌓인 동산이 생겼다. 한숨을 내쉬며 문을 닫은 후 국이 졸아들까 식탁 앞에 우두커니 앉아 있자니 상념만 깊어진다.

어머니는 잎이 부드러운 포장 미역을 쓰지 않았다. 두툼한 기장 미역을 최고로 쳤다. 근검절약을 신조처럼 내세우면서도 미역국에 양지머리를 아낌없이 넣었다. 그야말로 물 반, 고기 반인 미역국. 국물만 따라 먹고 고기와 미역을 남기면 어머

들깨미역국

니는 "이 아까운 걸……" 하며 혀를 찼다. 대체로 아이들은 미역국을 좋아하지 않는다. 우리는 미역국이 싫다고 말하지 못했다.

날 낳은 뒤 어머니는 미역국을 먹지 못했다. 1950년대 후반 생활 물자가 몹시 귀했다. 산달이 다가오자 할머니는 미역을 구하려고 가솔 한 분을 멀리 대구까지 보냈다. 그분은 대구 칠성시장에서 미역을 한 꾸러미 산 뒤 완행열차를 탔다. 꾸벅꾸벅 졸다가 내릴 때 짐칸을 쳐다보니 미역 줄기만 앙상하게 남았다. 머리 위 짐칸에도 사람이 누워 가던 시절이었다. 배가 출출해진 승객들이 짐칸에 놓인 미역을 죄 뜯어 먹은 모양이었다. 집에서는 난리가 났고 어머니는 세이레 꼬박 뭇국을 먹었다.

둘째를 해산한 후 미역국을 먹었으나 어머니가 바라던 미역국이 아니었다. 딸만 줄줄이 낳은 터라 쇠고기미역국을 먹을 염치가 없었다. 하여 어머니는 딸을 낳을 때마다 황태와 마른 홍합을 넣거나 통들깨와 불린 쌀을 함께 갈아서 끓인 산후 미역국을 먹었다. "고소하고 시원한 게 쇠고기미역국보단 맛나겠네." 헛말이라도 우리 자매들은 그 말을 하지 못했다. 어머니에게 쇠고기미역국이 어떤 의미인지 충분히 알 나이였으니까.

"쇠고기미역국 끓여줄까?"
어머니는 박꽃처럼 활짝 웃으며 말했다. 어머니의 이 말은 당신의 가장 귀한 것을 내어주겠다는 의미였다. 사태와 양지머리로 육수를 낼 때, 기장 미역을 물에 불릴 때 어머니의 입가엔 달콤한 미소가 떠나질 않았다. 쇠고기가 많이 들어간 탓에 껄쭉해진 미역국이 달갑지 않으면서도 자매들은 그걸 좋아하는 척 연기하곤 했다. 그것이 우리가 어머니에게 할 수 있는 최고의 효도였다.

내가 결혼한 뒤에도 생일 미역국을 끓여드리지 못했다. 어머니가 늘 집을 비웠기 때문이다. 당신의 생일이면 외가로 내려가 그날 수고한 외할머니에게 미역국을 끓여드렸다. 나는 뭐가 그리도 바빴는지 내 생일에 어머니에게 따끈한 미역국을 대접한 기억이 없다. 기차를 타면 고작 3시간 거리인데도. 이제 찬바람 부는 계절이 돌아와도 쇠고기미역국은 함부로 끓이지 못한다. 그걸 드실 어머니가 돌아가셨기 때문. 불효의 죄가 이토록 크고도 깊다.

깰 기미가 없는 가족 2인을 기다리다 원두를 갈아서 커피를 내렸다. 고소한 들깨 향과 어우러지는 커피 냄새. 가을이 도둑처럼 쳐들어왔다. 딸이 엄마를 닮는다는 말은 아무리 생각해도 틀렸다.

불고기

소설을 쓰기 전 모 라디오 방송의 구성작가로 일한 적이 있다. 그땐 펜으로 원고를 쓰던 시절인데 밤샘 작업이 잦았다. 나는 하룻밤을 새우면 눈이 푹 꺼지고 입술이 부르터 몰골이 볼썽사나운 반면 김은 연거푸 이틀 밤을 새워도 눈빛이 초롱초롱하니 화장조차 잘 받았다.

인간이 어떻게 저럴 수 있나. 난 김을 여자 터미네이터 보듯 했다. 나중에 알고 보니 김은 못 말리는 육식파고 나는 채식파였다. 육체노동자는 물론 정신노동을 하는 사람도 일정 부분

동물성 단백질이 필요하다는 것, 콩과 두부만으론 해결되지 않는 그 무엇이 있다는 것, 머리 쓰는 직업을 가진 사람이 풀 쪼가리로 연명해선 불에 달군 쇠처럼 강인한 에너지를 뿜어낼 수 없다는 걸 그때 몸으로 깨달은 셈이다.

순수한 고기 맛을 알기까지 험난한 과정을 거쳤다. 파릇파릇 올라오는 채소의 어린 잎을 보면 저걸 뜯어다 참기름 넣고 무치면 맛나겠네, 금방 입에 군침이 돌지만 냉장고에 든 고깃 덩어리를 보면 이 물건을 어찌 처치하나, 걱정이 앞섰다. 채소는 채소 맛으로 먹지만 고기는 고기 맛으로 먹어지질 않았다. 스테이크조차 소스 맛으로 먹던 시절이었으니.

채식파가 비교적 거부감 없이 먹을 수 있는 요리가 불고기다. 각종 양념으로 혀를 먼저 회유하면 고기를 즐길 수 있다. 하여 소스와 양념장은 이끄는 맛이다. 양념장의 묽기는 흘러내리지 않을 정도로 적당히 흠흠해야 한다. 단 양념장이 너무많이 들어가면 고기 맛이 탁해지니 주의할 것. 소고기는 깊은 맛으로 돼지고기는 얕은 맛으로 먹는 것. 소불고기는 은은하고 질척하게, 돼지불고기는 센 불에서 바싹 볶아야 매콤한 고유의 맛을 유지한다.

나는 불고기 양념장을 숙성시킨 뒤 온종일 요리했다. 그땐 정말이지 미친 사람처럼 불고기를 만들고 또 만들었다. 방송 원고를 써서 번 돈을 몽땅 쏟아붓고 실패하면 제대로 될 때까지 반복했다. 그 기이한 열정을 생각하면 지금도 당시의 나를 이해하기 어렵다.

그 무렵 신춘문예를 준비하고 있었는데 떨어질 때마다 그짓을 무한 반복했다. 마치 고기를 안 먹어 떨어진 것처럼. 그때 만약 내게 부엌이 없었더라면 기나긴 습작 시절을 견디지 못했을 것이다.

내 부엌은 "내가 이 세상에서 제일 좋아하는 장소를 말한다면 그곳은 부엌이다"로 시작하는 요시모토 바나나의 소설 『키친』(민음사, 2009)에 나오는 꿈의 부엌이 아니었다. 뽀송뽀송

잘 마른 행주 따위 없었다. 내 행주는 가련하게도 항상 물에 젖어 있었다. 당시 내게 부엌은 책임 전가의 장소, 내 기이한 열정을 받아내던 감정의 오물받이통과 다름없었다.

요리가 끝날 무렵이면 길 건너 2단지에 거주하던 김이 슬리퍼를 끌고 왔다.

"어이구, 또 시작했네."

김은 심드렁한 표정으로 부엌을 휘둘러보곤 선 채로 불고기를 집어먹었다. 식탁조차 들일 수 없었던 열일곱 평짜리 주공아파트. 우리는 좁은 부엌에 밥상을 펴고 레이스 식탁보를 깐 채 접시에 불고기를 가득 담아와 식성대로 먹었다. 그녀는 불고기를 상추에 싸 먹었고 나는 빵에 끼워 먹거나 밥을 곁들여 먹었다. 잘린 파가 수북이 놓인 도마, 무질서하게 널린 양념통들, 설거지감이 켜켜로 쌓인 개수대 앞에서. 나는 벌건 양념이 묻은 손목으로 찻물을 끓였다.

우리는 각자 편한 자세로 부엌에 주저앉아 가을 햇살에 휩

싸인 창가의 은행나무를 보거나 천천히 흘러가는 하늘의 구름을 보며 오래오래 차를 마셨다. 여름이면 다기를 꺼내기도 귀찮아 맑은 유리잔에 찻잎을 띄워 마시기도 했다. 그럴 때면 초를 치듯 번번이 부엌으로 스며들던 연탄 냄새. 집집마다 연탄보일러를 놓고 살던 때였다.

"그때 연탄가스 마시면서 우리 뭐 했던 거냐?"

지금도 잊을 만하면 한 번씩 김을 만나 밥을 먹는다. 김은 여전히 방송 일을 하고 있다. 우리는 서로의 얼굴에 늘어난 주름살을 확인한 뒤 잡다한 세상일들, 속도를 중시하는 현대사회의 부조리에 관해 성토하기도 한다. 그리고 옛날 부엌에 관해 얘기한다. 김은 그 부엌이 참 편안했고 그때 먹은 것들이 맛났다고 말해준다. 어쨌든, 추억은 달콤한 거니까. 무슨 말끝에 김이 물었다.

"그때에 비해 얻은 건 뭐니?"

"음, 불고기와 열정."

이런 질문을 받으면 내 불고기엔 강과 숲이 들어 있다고 막

우기고 싶은 심정이 된다.

"그럼 됐네, 뭐."

식사 중간에 유리창에 비친 우리들의 얼굴을 언뜻 봤다. 난 그토록 바라던 일을 하고 김은 전부터 방송 일을 좋아했다. 둘 다 행복한 얼굴이어야 맞는데 썩 행복해 보이질 않는다. 직업이란, 그런 것이다. 김은 내게 얻은 것이 무엇인지 물었을 뿐 잃어버린 것과 놓쳐버린 것들에 관해선 끝끝내 묻지 않았다. 나는 이런 그녀가 좋다. 불고기 양념장처럼 적당히 흠흠한 김이.

갱시기
& 갱죽

바람 끝이 맵지만 계절은 어김없는 봄이다. 멋 부리다 얼어 죽기 십상이라는 잔소리가 따라붙는 것도 이때쯤이다. 집에 돌아와 스타킹을 벗으면 다리가 얼룩덜룩하고 입술이 새파랗게 질려 있다. 겨우내 요령껏 피했던 감기에 발목이 잡혀 몸살을 된통 앓고 나면 가장 먼저 당기는 게 갱시기이다. 그것은 요리이면서 단순한 요리가 아니다. 일개 요리라고 말하기에는 부족한 감이 있다. 놀라울 정도로 빠르게 사멸중인 소수민족의 언어처럼 이제는 우리들의 기억 속에서 잊혀가는 국민음식.

"이럴 때 뜨거운 갱죽 한 그릇만 먹으면 기운이 나겠는데."

부르튼 입술, 푹 꺼진 눈을 해가지고 무작정 밖으로 나간다. 지금 그게 눈앞에 있다면 내 영혼과 맞바꿀 것 같다. 죽과 찌개와 전골의 사촌쯤 되는 것으로 지지리도 먹을 게 없던 시절의 음식인데도 먹고 또 먹어도 전혀 물리지 않는 요리. 육칠십대 전후 세대는 구황 음식으로 일주일에 한두 끼 그걸 먹었고 우리 같은 베이비붐 세대는 맛으로 먹었다.

"그런 걸 파는 곳이 서울에 있긴 할까?"

나는 음식점이 늘어선 상가 거리에서 머뭇거린다. 꼭 갱시기가 아니어도 그것과 흡사한 맛을 지닌 음식이 어딘가에 있지 않을까, 간절한 심정으로 식당 상호를 훑는다. 그러다 찾은 해물칼국숫집 앞에서 얼마간 망설인다. 김치수제비나 그냥 수제비면 몰라도 해물칼국수는 아니지. 단호하게 고개를 흔들곤 그 옆 콩나물국밥집을 쳐다본다. 저것에 공깃밥을 말면 어쨌든 비슷하겠지, 다리가 후들거려 대강 타협하고 만다.

뚝배기에 담겨 나온 콩나물국밥의 비주얼은 갱시기보단 좋은데 너무 담백하고 칼칼하다. 육수를 우릴 때 넣은 북어 대가리와 마지막에 첨가한 청양고추 탓이리라. 콩나물국밥은 본연의 맛에 충실했을 뿐 내가 찾는 맛이 아니다. 갱시기에 비해 콩나물이 많고 김치가 터무니없이 적게 들어갔다.

갱시기는 곰삭은 김칫국물이 콩나물과 밥알과 수제비 사이사이에 늘쩍지근하게 감겨들기 때문에 황혼의 낙조와도 같은 색이어야 한다. 국물은 진하고 좀 걸쭉해야 된다. 이것이 비등점을 향해 맹렬히 끓어오를 때 각 재료들이 한데 어우러져 뿜어내는 감칠맛의 극치라니. 얼큰하고 시원하고 개운함의 끝을 보여주는 것이 갱시기다. 그 누구도 쉽게 흉내낼 수 없는 뜨거운 열정과 관용을 지닌 일품요리.

나는 이 글을 쓰기 전에 시골이 고향인 작가들에게 일일이 전화를 걸었다. 갱시기는 각 지방마다 다른 호칭으로 불리고 있었다. 밥시기, 갱죽, 콩나물김치죽, 갱싱이죽, 밥구족, 그냥

갱시기 & 갱죽

김치죽까지.

그들은 내 전화를 받고 각자의 갱시기를 생각하느라 한동안 묵묵부답이었다. 그러곤 사전에 짠 것처럼 아, 하는 감탄사를 뱉어냈다. 지방마다 갱시기에 들어가는 재료도 다양했다. 우리는 고구마와 감자를 넣었다, 구정이 지난 이맘때면 가래떡을 넣었다, 우리는 된장으로 간했다, 우리 동네는 간장과 소금으로 간을 했다, 말들이 구구하다.

전남 고흥이 고향인 작가는 그런 음식을 먹은 기억이 없다고 한다. 섬이나 바닷가에선 갱시기를 먹지 않았나보다. 그의 말에 다들 이런, 하며 안타까워했다. 카톡으로 길게 이어지던 두어 시간의 방담 끝에 누군가가 말했다.

"우리가 이토록 그리워하는 갱시기, 갱죽, 밥시기는 결국 MSG의 맛이 아니었을까……?"

어쩌면 그럴지도.

삼양라면이 시중에 나오기 전에 삼양뉴면이 잠시 유통된 적이 있다. 면발이 라면보다 가늘고 안에 첨가된 수프의 색이 조금 연하다. 그걸 갱시기에 넣으면 훌륭한 별식이 되었다. 고향을 생각하면 가장 먼저 떠오르는 갱시기 혹은 갱죽. 그것은 일종의 시그널, 부호, 포용의 다른 이름. 동장군이 맹위를 떨치던 엄동설한에도 갱시기 한 그릇을 먹고 돌아누우면 부러울 것이 없었다.

세계 언어 중 25퍼센트가 곧 사라질 위기에 처했다. 아이누 토착 언어를 구사할 수 있는 사람은 전 세계에 열 명밖에 없다. 재밌는 것은 언어의 소멸 패턴이 동물의 멸종 과정과도 유사하다는 사실이다. 시시각각 사라지는 소수어처럼 우리는 그동안 눈앞의 산해진미에 홀려 향토 음식을 홀대하진 않았는지 한번쯤 되돌아볼 일이다.

추풍령
감자탕

작가들의 취중 방담, 술자리에서 벌어지는 핵폭탄급 이야기가 전설처럼 전해내려오지만 나는 언제나 현장에 없었다. 활명수만 마셔도 취하는 내력 탓에 배꼽이 빠질 정도로 재미난 술자리는 항상 내가 귀가한 뒤에 벌어진다. 아무리 웃기는 사건도 현장을 떠나면 재미가 반감되기 마련. 하루는 각오를 단단히 하고 나갔다. 이번엔 무슨 일이 있어도 술자리를 끝까지 사수해야지.

1년 만에 만난 반가운 동료들과 인사를 하고 2차로 간 호프

집까지는 좋았다. 동국대 앞 감자탕집이 3차 장소였는데 특이하게 족발이 딸려 나왔다. 감자탕에 족발이 웬 말, 시무룩한 얼굴로 하날 집어먹었는데 오, 족발의 위엄이라니. 한낱 서브 요리로 여긴 게 미안할 정도로 살점이 쫀득거렸다. 술자리가 무르익자 누군가가 지방에서 상경한 L시인을 소환했다. L은 입을 동그랗게 벌린 채 일어나더니 "오홍홍……" 하며 입술을 먼저 푼 뒤 재담을 시작했다.

"나가 요시로 재미 삼아 집에서 닭을 키우는디, 야들한테 징글징글한 인간들 이름을 하나씩 붙인 거여. 질로 미워하는 놈부터 차례로 잡아묵을라고. 근디 이 닭들이 그놈들 성질을 딱 닮아불데. 아, 꼴에 자존심은 있어가지고……"

자존심 있는 닭이라, 왠지 재밌겠다 싶었다. 그때였다. 족발이, 감자탕 냄비가 내 눈앞으로 달려들더니 테이블과 장판이 울룩불룩 들고 일어나는 거였다. 호프집에서 맥주 한잔으로 버티고 감자탕집에선 소주를 받아놓고 마시는 시늉만 했거늘. 내가 졸고 있는 틈에 동료들이 발을 구르고 손뼉을 치며 폭소를 터뜨렸다. 하여 나는 이야기의 결정적인 대목을 듣지 못했다. 아니면 그사이에 재미난 사건이 벌어졌는지 그것도 알 수 없었다.

"L이 뭐래? 무슨 일 있었어?"

내가 묻자 돼지 등뼈를 손에 쥔 채 졸고 있던 앞자리 동료가 고개를 번쩍 들었다. 그는 입맛을 쩝, 다시더니 이 감자탕 맛있어. 함 먹어봐, 하곤 다시 졸기 시작했다. 둘러보니 다들 돼지기름이 묻어 번들거리는 입술을 한 채 꾸벅꾸벅 졸았다.

테이블 위에는 돼지 뼈다귀가 수북했고 감자탕은 싸늘하게 식어 있었다. 냄비 속 국물에 둥둥 뜬 고추기름은 금방 흘린 사람의 피처럼 보였으며, 물크러져 형태조차 알아볼 수 없게 된 거무죽죽한 시래기와 울퉁불퉁 튀어나온 돼지 뼈다귀의 흉측함이라니. 되는대로 풀린 당면은 인간의 창자를 연상시켰다. 투실투실한 감자는 누가 한 숟가락 떼어갔는지 귀퉁이가

추풍령 감자탕

헐린 채 탁한 국물 속에 잠겨 사색중이고……

　음식 찌기로 너저분한 테이블을 둘러보는 게 썩 유쾌한 일
은 아니다. 한데 그날은 조금도 불결하게 느껴지지 않았다. 자
다 깬 탓인지 다정한 동료들과 함께한 자리여서 그랬는지는
모르겠다. 아쉽게도 그날 재미난 현장은 놓쳤지만 나는 감자
탕을 소재로 「추풍령」이라는 단편을 완성했다.

　추풍령 너머 권씨 집안에는 태어나면 죽고 결혼하면 급사해
버리는 남자들 때문에 여자들만 복닥거리며 산다. 나는 그 집
여자들의 신산한 삶을 추풍령을 넘나드는 바람에 녹여 서럽
되 표 나지 않게 그리고, 그 설움을 감자탕처럼 휘휘 저어 끓
여내는 인생의 곤곤함을 표현하려 했다. 즉 추풍령의 이미지
를 차용한 호주제의 부조리에 관해 쓴 단편이다.

　몇 년 전만 해도 『작가가 선정한 오늘의 소설』이라는 책이
있었다. 그해 가장 인상적인 단편을 뽑는 것인데 거기에 「추

풍령」이 선정되었다. 한데 추천위원인 작가와 평론가 50여 명이 제목을 일제히 '추풍령 감자탕'이라고 틀리게 썼다. 그것은 글의 소재인 감자탕만 생생하게 살아 있고 주제는 흐리마리하다는 얘기가 아닌가. 단 한 명만이라도 제목을 '추풍령'으로 올바르게 썼으면 그렇게 하진 않았을 것이다. 나는 담당자에게 전화를 걸어 1위 자리를 정중히 사양했다. 그리고 『작가가 선정한 오늘의 소설』에 추풍령을 게재하지 말아달라고 부탁했다. 내 전화를 받은 담당자는 기분이 상했을 것이다. 하지만 어쩌겠는가. 엄연히 실패한 소설인데.

추풍령을 발표한 지 10년이 지난 지금도 나는 여전히 추풍령 감자탕의 작가로 불린다. 이분은 '추풍령 감자탕'을 쓴 작가예요, 라고 누가 나를 소개할 때, 나는 씁쓸한 웃음을 짓는다. 주제보다 소재가 승한 소설, 하여 내가 실패작이라 단정한 추풍령은 창작집 『장미나무 식기장』(문학동네, 2009) 속에 들어 있는 하나의 단편에 불과하다. 다른 책에 비해 그 책이 많이 팔린 것도 아니다. 그런데도 그 소설은 제목조차 '추풍령 감자탕'으로 바뀐 채 어느새 내 대표작이 되어 있다. 참, 소설도 팔자가 있다더니…… 이 무슨 아이러니인가.

짱뚱어탕

이 나이에 단골 식당을 잃으면 뭐라 말할 수 없이 참담하다. 지금은 사라진 서교동 포도나무집. 집밥을 선호하는 터라 단골이라곤 해도 많이 가야 1년에 두 번 정도 그 식당을 이용했다. 그래서인지 식당 주인은 언제나 본동만동했고 나 혼자만 무던히도 짝사랑하던 집.

그 식당을 내게 소개한 이는 동화작가 노경실이다. 전라도 지방색을 띤 식당으로 편집자들과 간간이 온다고 했다. 매생이탕과 짱뚱어탕이 주 메뉴였고 낙지탕탕이가 곁들임 요리로 나왔다.

그때까지도 짱뚱어탕은 내게 생소한 음식이었다. 스마트폰으로 검색하니 바닷가나 개펄에 구멍을 파고 서식하는 물고기인데, 너무도 못생겨서 굳이 이런 걸 사 먹을 필요가 있나 싶었다. 반면 매생이는 친숙했다. 그 무렵 읽던 이승우의 소설에 매생이가 나왔다. 그의 책에 매생이가 환상적으로 묘사된 탓에 나는 돌아볼 것도 없이 매생이탕을 시켰다. 두번째 가서야 마지못해 짱뚱어탕을 시켰고, 맛에 완전히 빠져들어 내 마음속 단골 식당으로 찜해버렸다. 주인이 본둥만둥하거나 말거나.

몰골이 초췌한 날에 나는 자주 포도나무집을 찾았다. 보양식이 꼭 필요한 그런 날들. 이유 없이 우울하거나 기운이 없거나 몇 날 며칠 일에 쫓겨 잤는지 먹었는지도 모르겠는 그런 날이면 그 집을 찾곤 했다. 터진 입술에 딱지가 앉거나 눈이 10리는 쑥 들어갈 정도로 지친 날에는 반드시 홍대입구에 내려서 서교호텔 뒤편 골목으로 들어갔다. 아무도 모르게 숨겨둔 애인을 찾아가듯 은밀한 걸음걸이로.

듬직한 뚝배기에 담겨져 나오는 짱뚱어탕. 먹기 전에 그릇 위로 모락모락 올라오는 김을 쐬며 맛을 먼저 가늠한다. 고소하기가 추어탕과 비슷한데 엄연히 재료가 다르다. 큰 짱뚱어일 경우 물에 삶아서 살을 발라낸 후 뼈를 갈아 체에 거른다. 쫑쫑 다진 풋고추가 고명으로 얹힌 국물을 휘저으면 계절에 따라 호박잎, 방앗잎, 토란대 같은 푹 무른 채소가 수저에 걸려 올라온다. 초피가루와 생강, 마늘로 비린내를 잡은 탑탑한 진국. 밑간은 된장, 뒷간은 국간장과 소금으로 한 눈치다. 갈아놓은 붉은 고추를 듬뿍 넣은 탓에 매움한 기운이 혀끝을 자극한다.

좁쌀이 섞인 포도나무집의 돌솥밥은 제대로 곰삭은 묵은지와 낙지탕탕이를 곁들여 먹는다. 밥이 절반가량 남았을 때 짱뚱어탕에 말아야 된다. 돌솥에서는 바글바글 누룽지 끓는 소리가 들린다. 누룽지를 먹을 때 언제나 나는 그 집 가양주를 한잔 마신다. 달콤한 막걸리여서 술꾼들은 어떨지 모르지만 나 같은 초짜배기는 그 술에 매혹당하기 일쑤. 포만감에 젖은 채 술 한잔을 깔끔하게 넘기면 세상이 만만해진다. 인생 뭐 있냐? 알딸딸한 취기와 함께 다시 살아갈 힘을 얻는다.

찌는 듯한 폭염이 지속되던 올여름, 다른 해보다 일을 많이 했다. 놀면 뭐해, 덥기만 하지. 하지 않아도 될 일까지 굳이 찾아서 했다. 그 때문에 정작 복중에는 더운 줄도 몰랐다. 더위가 물러가자 늘어지기 시작했다. 별안간 몸이 팽 내둘리더니 놀이공원에서 회전목마를 탄 듯 어지러웠다. 이석증이다. 간단한 병이라는 걸 사전에 숙지하고 있어서 다행이지 안 그랬으면 중증 질환에 걸린 줄 알았을 것이다. 보약은 평생 입에 대지도 않는 터라 터벅터벅 포도나무집을 찾았다.

짱뚱어탕을 한 그릇만 먹으면 살겠다 싶었는데, 식당이 그만 문을 닫고 사라졌다. 이럴 수가! 골목을 돌아서 서교호텔 앞으로 나오는데 눈물이 찔끔 났다. 아, 그 배신감이라니……

그동안 내가 사랑했던 사람들과 포도나무집을 찾았던 것이다. 군이 말하지 않아도 눈빛만으로 서로의 마음을 읽어내리던 사람들과 다정하게 음식을 나눠왔던 곳. 그런 집이 없어지다니.

아무때고 내 추레한 등을 가감 없이 내보이던 집. 어제만 해도 포도나무집이 몹시도 그리웠다. 나는 식당을 잃어서, 마치 애지중지하던 혈육을 잃은 것처럼 지금도 애가 끓는다. 그만한 가격에 그 정도의 맛과 분위기를 가진 단골 식당을 다시 찾기는 어려울 것이다. 그런데 그 집이 사라진 게 아니라 내자동으로 옮겼다는 소식을 들었다. 이번 주말엔 내 마음속 단골식당을 찾아가봐야겠다.

간장게장

봄과 가을은 꽃게의 계절이다. 봄엔 암게, 가을은 수게. 내가 제대로 된 간장게장을 먹은 건 고등학교 다닐 때였다. 당시 나는 김천여고 앞 모암동에서 자취를 했는데 옆방엔 상주에서 올라온 아이가 살고 있었다. 휴일, 옆방에서 째지는 듯한 비명이 들렸다. 또 연탄가스를 마셨나. 문을 열어보니 검은 간장이 방바닥에 흥건했고 수게 서너 마리가 군데군데 떨어져 있었다. 집에서 올려 보낸 간장게장을 실수로 쏟은 모양이다. 옆방 아이는 간장에 젖은 일자 통바지를 움켜쥔 채 울상을 지었다. 왜냐하면 그 옷은 맥향을 '까러' 갈 때 입을 단벌 바지였기 때문이다.

옆방 아이는 속이 상해 게장은 쳐다보기도 싫다며 점심을 쫄쫄 굶었고, 앞방에 살던 문경에서 올라온 3학년 언니와 나만 포식했다. 꽃게의 딱지를 떼자 세상에나, 한 떨기 노란 꽃이 핀 것 같았다. 딱지는 비벼 먹게 따로 놔두고 게의 몸통을 절반 갈랐다. 그제야 드러나는 속살. 손가락으로 꾹 누르자 탱탱한 게살이 갓 지은 쌀밥 위로 점점이 떨어졌다. 먹고 돌아서면 배가 고프던 열일곱 살, 간장게장에 비벼 먹던 맛이 오죽했겠는가.

옆방 아이와 나는 김천여고 문예반이었다. 김천여고는 명록, 김천고는 맥향. 김천 시내 여섯 개의 고등학교 가운데 문예반이라곤 두 학교밖에 없어서 사이가 좋을 것 같지만 실상은 그렇지 못했다. 대대로 앙숙이자 라이벌 관계였다. 1년 동안 갈고닦은 문재를 시화전에서 뽐냈는데 그러면 우르르 몰려가 상대의 시를 물어뜯느라 여념이 없었다. 그날이 맥향 시

간장게장

화전의 마지막 날이었다.

　게장 백반으로 점심을 든든히 먹은 뒤 옆방 아이와 사전 모의 장소로 출발했다. 한 달 전, 명록 시화전을 열었을 때 맥향 애들이 쳐들어왔다. 그날 맥향 소속 안경잡이 하나가 방명록에 남긴 글이 가관이었다.

　"미래의 내 여자 혹은 내 집안사람이 될 명록의 여인들이여! 훗날 그대들이 너무 나대지 않게 미리 밟아둘 필요성을 느껴……"

　이런 식으로 시작된 글에 우리는 모욕감과 수치심을 느꼈고 칼 같은 복수를 다짐했던 터였다. 사전 모의 장소인 김천역 앞 뉴욕제과점(뒷날 소설가가 된 김연수네 집)으로 나갔더니 명록 회원들이 모여 있었다. 맥향의 시를 일대일로 깔 것인지 단체로 깔 것인지 의논하는 자리였다. 모의를 끝낸 후 각자 꽃 한 송이씩 샀다. 당시 전통이 그랬다. 피바다가 되도록 깐 후 상대의 액자 밑에 꽃을 살포시 달아주고 나오는 게 상례였다. 그걸 '아까징끼'라 했다.

시화전 전시장에 단체로 들어서자 "명록 애들 떴다!" 하는 소리가 들려왔다. 우리는 꽃으로 답방의 예를 갖췄고 일렬로 늘어선 남학생들의 시선을 정수리로 느끼며 액자 앞으로 천천히 걸어갔다. 시 감상은 뒷전인 채 무슨 말로 어떻게 공격할지 머릿속이 복잡했다. 옆방 아이의 몸에서는 간장 내가 은은하게 났다. 게장에 젖은 바지를 아쉬운 대로 빨았지만 냄새까지 지우진 못했다. 하여 더욱더 전의에 불타오른 옆방 아이는 맥향 방명록에 비평 글을 한 수 남겼는데 그 글이 두고두고 회자되었다.

"김군의 글을 볼작시면 그 유치함과 우매함이 입술로 쾌감을 얻는 구순기(프로이트에 따르면 생후 18개월까지)의 옹알거림과 다를 바 없고…… 못내 안쓰러워 이 글을……"

문체는 장중하나 장작 패듯 상대를 두들겨 패는 글이었다. 결론은 아가야 젖 좀 더 먹고 와라, 였다. 점심을 두 그릇이나 배불리 먹은 나는 만사태평인 상태가 되어서 내년엔 합동 시화전을 열자고 어설피 말했다가 본전도 못 찾았고 옆방 아이는 그날로 명록의 퀸에 등극했다.

"왜 간장게장을 탐했던고……"

나는 뒤늦게 책상을 두드리며 후회했다.

지금도 늦가을이 되면 모암동 자취방에서 먹었던 간장게장이 떠오른다. 명록과 맥향의 시화전, 거친 혀들의 전쟁과 다름없었던 방명록의 글귀들도. 첨언하자면 미래의 내 여자 운운했던 김군은 훗날 옆방 아이와 결혼했고 지금껏 울산에서 잘살고 있다. 그들의 화목한 결혼 비결은 감성이 잘 맞아서가 아니라 장모님의 뛰어난 게장 솜씨 탓이라고 나는 굳게 믿고 있다.

복백불고기

지난 주말 주왕산에서 내려오는 길에 청송군 진보면에 들렀다. 우리가 하는 여행이라는 게 그렇다. 조용한 곳을 찾다보니 어쩌다 가느니 철 지난 바다요, 눈 없는 겨울 산이기 십상이다. 시절이 수상해서 그런지 크리스마스이브인데도 진보면 소재지가 더없이 쓸쓸했다. 날은 어둑했고 지나가는 행인조차 드문 거리를 10분쯤 걸었더니 한기가 느껴졌다. 뜨거운 국물이 간절하게 생각날 즈음 아름다운 적산가옥이 나타났다. 골이 파인 나무판자로 리모델링한 일본풍의 예스러운 가옥인데 특이하게도 건물 전면에 차림표를 붙여놨다. 복백불고기

1만 8천 원. 복매운탕, 복지리해장국, 복찜은 먹어봤지만 복백

불고기라니······

   복어는 복찌, 복쟁이, 점복, 복장어 등 여러 방언을 갖고 있

으며 우리가 먹는 것은 자주복을 비롯해 검복, 까치복, 복섬,

은복, 밀복 등 몇 종류에 불과하다. 『본초강목』과 『전어지』에

서는 공기를 흡입하여 배를 부풀게 한다는 뜻에서 기포어氣泡魚

나 폐어肺魚라 불렸고, 공 모양으로 둥글게 한다는 뜻에서 구어

毬魚라고도 했다. 중국에서는 서시유西施乳라는 애칭을 갖고 있

는데 이는 수컷 복어의 하얀 이리를 천하절색인 서시의 젖에

비유한 것이다.

   복어는 미식가들 사이에 철갑상어 알인 캐비아와 떡갈나무

숲에서 자라는 송로버섯, 거위 간 요리인 푸아그라와 함께 세

계 4대 진미 중 하나로 꼽힌다. 복어의 매력은 맛도 맛이지만

단연 독이다. 산란기인 3월께가 독성이 가장 강하며 여름에서

가을로 넘어가면 위력을 잃는다. 산란기에는 참복 한 마리의

독이 서른세 명의 사람을 죽일 정도로 맹독성을 띠는데, 이는 창산가리의 10배 수준이다. 하여 가시 있는 장미를 탐하듯 애주가들은 복어를 사랑한다. 언젠가 써야지 하고 벼른 메뉴가 복어였고 그동안 아껴뒀는데 이런 후미진 곳에 복 전문점이 숨어 있을 줄이야.

어림복어(경북 청송군 진보면 본마을 2길 7, 054-873-9720)의 문을 열고 들어서자 종업원은 따뜻한 좌식 룸으로 우리를 안내했다. 앉고 보니 탁자 밑이 뚫려 있어서 식사중에 다리에 쥐가 날 염려는 없을 듯했다. 테이블 세팅은 근사했고 기본 반찬도 깔끔했다. 생소한 메뉴는 반드시 맛을 봐야 되는 인종들인지라 복백불고기로 통일했다. 주문하기 전에 복백불고기라는 단어를 세 번쯤 중얼거렸던 것 같다. 초성에 비읍이 연거푸 세 개씩이나 들어 있어서 발음하기 어려웠다. '백불고기'를 부르기 쉽게 '흰불고기'로 바꾸면 좋겠다는 생각이 들 무렵 새콤달콤하게 무친 복껍질이 나왔다.

꼬들꼬들 말린 복껍질로 식욕을 자극한 뒤 본 요리인 복백불고기가 나왔는데 우리가 바라던 맛이었다. 따끈한 국물이 있는 전골식 샤브샤브. 육수가 담긴 둥근 팬에 버섯과 배추, 미나리, 시금치, 파를 넣은 후 저민 복어 살을 넣었더니 금방 끓기 시작했다. 익힌 채소에서 흘러나온 향긋한 즙이 한기 든 속을 데워주었고 밑간이 된 복어 뱃살은 쫄깃하니 혀에 감겼다. 우리는 말을 잃고 한동안 복어에 집착했다. 시원하고 삼삼한 복백불고기를 겨자 소스에 찍어 먹느라 다들 분주하게 손을 놀렸고 뒤에 나온 매운탕과 밥은 배가 불러서 뜨는 시늉만 했다.

사십대 혹은 오십대 초반쯤이나 되었을까. 한적한 시골 마을에 숨어 살기엔 아깝다 싶은 여자가 가만가만 들어와 사과 접시를 소리도 없이 밀어줬다. 그처럼 조용한 손길이 또 있을까. 접시와 접시 사이로 고요히 움직이던 손. 나는 저 손이 독을 다룬 손이라는 걸 단번에 알아챘다. 주인이시냐고 묻자 네, 라고 했던가. 작은 소리여서 잘 들리지 않았다. 나는 자석에

끌리듯 그녀를 따라 나와 오픈된 주방을 살며시 넘겨다봤다. 반들반들 길이 든 프라이팬이며 불꽃이 일렁이는 가스레인지, 푸른 미나리가 흩어진 정겨운 조리대를. 한가한 날이면 꼭 하루 정도 주방을 빌려 쓰고 싶은 욕구가 치솟는 그런 집. 문을 열고 나오는데 뜬금없이 신이현의 『숨어 있기 좋은 방』(살림, 1994)이라는 소설이 떠올랐다. 독을 다루는 여자가 가만히 머무는 어림漁林.

굴깍두기

중요한 강연을 앞두고 굴깍두기를 쏟아본 적이 있는가. 모든 준비를 마친 채 주방에서 그 사고를 쳤다면 단언컨대 재난 비상 단계 A급에 해당된다. 화재나 수재라면 포기라도 하지. 사전에 계획된 강연은 무슨 일이 있어도 강행해야만 한다. 세상의 법칙이 그렇다.

아뿔싸! 처음엔 냉장고 안에 쏟은 반 통의 깍두기와 밖으로 흘러나온 나머지 깍두기 무더기를 보고도 믿을 수 없었다. 김치통을 꺼냄과 동시에 냉장고 문을 닫고 돌아서서 뚜껑을 열려고 했다. 수없이 해내던 일련의 동작인데 순식간에 어긋나고 말았다. 미끈거리는 굴이 문제였다.

깍두기 한 통의 양이 이렇게 많다니! 냉장고 안의 살벌한 풍경까지 보고 싶진 않았다. 나는 무장 군인처럼 냉장고 문을 묵묵히 닫았다. 걸레 넉 장으로 냉장고 앞에 쏟아진 깍두기 무더기를 다독다독 덮었다. 잘 발효된 깍두기에서 풍기는 젖산과 탄산가스 냄새까지 덮진 못했다. 하여 젖은 행주 두 장을 펼쳐서 벌어진 틈을 꼭꼭 여몄다. 이 밖에 무슨 행동을 더 하랴. 쏟은 깍두기는 치우는 것보다 덮는 것이 빠르다.

나는 숨 돌릴 틈도 없이 시계를 보며 다음 행동을 이어갔다. 전날 고심해서 고른 의상에 깍두기 국물이 튄 걸 보곤 신음을 뱉으며 샤워를 다시 했다. 너무 지체한 터라 옷장을 열 시간조차 없었다. 민낯에 바지를 대강 꿰어 입고 밖으로 뛰쳐나갔다. 이동하면서 보니 시장 갈 때 입는 만만한 청바지에 뒤축이 닳은 단화를 신고 있었다. 다행히 강연 시간에 늦진 않았지만 문제는 그뒤부터였다. 청중 백여 명이 빼곡하게 들어찬 대강당. 하필이면 하체를 가릴 책상도 없이 100분 동안 서서 하는 강연이었다. 청중이 허름한 내 단화와 구겨진 청바지를 똑똑히 볼 수밖에 없는 구조였다.

강연하는 내내 옷차림이 불편해서 목소리가 점점 커졌다. 깍두기에서 흐른 국물 때문에 주방의 바닥이 들떠서 도배를 새로 해야 되는 건 아닐까. 온갖 걱정과 시름으로 연설의 맥락을 자주 놓쳤다. 청중의 질문 공세에 침묵하던 1분이 1시간처럼 느껴지기도 했다. 평소엔 별탈 없이 하던 강연인데. 녹초라는 단어가 어떻게 생성되는지 영화처럼 생생히 보여준 100분이었다.

집에 돌아오니 아들아이가 사고 뒷수습을 하고 나서 주방에 서 있었다. 폭탄 맞은 집을 어떻게 쓸고 닦았을지 보지 않아도 알겠다. 초산 냄새는 어찌 뺐는지 묻지도 못했다. 나는 변명조차 하지 못했다. 기운이 있을 때라야 변명도 가능한 것이다.

빈번하지 않은 일이었기에 아들아이는 그 해괴한 일을 어머니의 갱년기 후유증 정도로 짐작하며 넘어가주었다.

내 인생에서 깡그리 지우고 싶은 그날의 일로 법정에 선다면 나는 천하의 몹쓸 엄마라고 손가락질당했을 것이다. 사건의 전후를 제대로 설명하지 못하거나 그럴 기회조차 박탈당한다면 말이다. 깍두기 무처럼 사건의 토막을 뚝 자른 후 전후 시간을 대조해 보여주는 것이 예술의 역할이고, 그 사건에 대해 해명할 기회를 박탈하지 않는 것이 좋은 국가, 공정한 사회일 것이다.

건망증 대마왕인 나는 새해 첫날부터 굴깍두기를 담갔다. 굴깍두기는 일반 깍두기보다 무의 크기가 작아야 한다. 발효가 진행되는 동안 일반 병원균이나 부패균은 서서히 죽고 소금에 잘 견디며 공기가 필요치 않은 김치 내의 유익한 유산균은 그 수가 급격히 증가한다. 하여 굴깍두기의 맛이 절정일 때 비타민 함량도 최고점을 찍는다.

굴깍두기

왜 청승스럽게 신년 벽두부터 굴깍두기를 담그는 것이냐 물으신다면 나는 한 치의 망설임 없이 대답할 것이다. 그날의 깨우침을 잊지 않기 위해서라고. 너무 가볍지도 너무 무겁지도 않게 그저 내가 감당할 만큼의 진실한 글을 쓰게 해주세요. 새해의 소망을 담아 깍둑깍둑 굴깍두기를 담근다. 인생과 깍두기에서 가장 중요한 것은 두말할 것도 없이 간이다. 너무 짜지도 싱겁지도 않게. 김치통을 열 땐 부디 조심하도록!

우거지된장국

그날은 미세 먼지 때문에 하늘이 온통 뿌옜어. 집중이 되질 않아 인터넷만 들랑날랑했지. 당신이나 나나 블랙리스트에 오른 작가가 아닌가. 처음엔 오보인 줄 알았네. 뭐지? 두 군데나 뜬 기사를 읽는데 마우스를 쥔 손이 떨렸어. 이 나이가 되면 부모와 애틋하게 이별하거나 친구 한둘쯤은 보낸 경험이 있어서 죽음엔 의연하기 마련이야. 그런데도 당신의 부고를 읽던 순간 주먹으로 얻어맞은 것처럼 눈앞이 아뜩했어. 당신에게 가는데 자꾸 다리가 후들거리데. 저만치 장례식장이 보이자 육개장은 먹지 않으리라 다짐했네. 당신은 관 속에 있는데 살겠다고 시뻘건 고깃국을 먹을 순 없잖아.

당신을 떠올리면 왜 뭘 먹은 기억밖엔 없는지.

거제도였나? 나는 혀끝이 아릿하고 비려서 뜨는 시늉만 하
는데 당신은 멍게비빔밥을 젓가락으로 살살 섞어 오목오목 맛
나게도 먹었어. 그제야 당신이 마산 바닷가 출신임을 알았지.
이튿날 아침 호텔 로비를 가로지르는데 백가흠 작가가 다가
왔어.

"누님들 어제보다 늙으셨네요."

그의 짓궂은 인사에 우린 배꼽을 쥐고 웃었지. 인생의 동맥
에 허옇게 골마지가 끼고 군내를 풍기기 시작하는 시간, 노년
의 시간이 따귀를 후려치며 다가오더라도 질기게 붙어 쓰자
고 맹세하듯 중얼거린 게 우리의 마지막 전화였네.

영정사진 속 당신은 너무도 젊어. 국화만 준비된 기독교식
장례. 당신을 목례로 보낼 수야 없지. 내 방식대로 두 번 절하
고 일어나서 상주를 보는데 울컥하고 말았네. 마음 나눌 딸도

없이, 시커먼 남자 셋이 상주석에 있는 걸 보니 뭐라 표현할 수 없는 감정이 치솟아서. 내 슬픔이 어찌 가족만 하랴마는…… 기쁨을 주는 것도, 작가의 에너지를 가장 많이 뽑아가는 것도 가족이 아니겠나. 그래서 상주와 맞절하는 것도 잊고 어정쩡하게 목례만 했어. 유교와 기독교의 조문 법이 뒤섞이고 만 거야. 당신이라면 중요한 강연을 앞두고 깍두기 같은 걸 쏟지도, 감정을 이리 헤프게 칠칠 흘리지도 않을 테지. 하지만 이게 나야, 그러니 어쩌겠나.

말기 암을 발견하고 이승을 뜰 때까지 꼭 한 달간의 시간이 주어졌어. 그 시간을 남편인 김병종 화가와 손잡고 보냈다지만 태양도 달도 사라진, 세상의 모든 빛이 꺼진 것 같은 두려움에 떤 적도 있을 거야. 그때 왜 전화 한 통 하지 않았나. 노루도 고개를 넘어갈 땐 잠시 뒤돌아본다던데. 앉은자리 풀도 안 나게 비질까지 싹싹 하고 갈 건 또 뭔가, 이 사람아. 우리 모두 참담하게 만들고 당신은 인생의 정점에서 홀연히 사라지겠다, 이건가?

큰아들 지훈의 결혼식을 치른 지 꼭 나흘 만에 당신은 숨을 놓았어. 가족과 손님한테 폐가 되기 싫어서 들숨날숨 힘겹게 몰아쉬며 버틴 나흘일 테지. 당신의 마지막 칼럼을 읽고 있자니 가쁜 숨결이 느껴져. 한 치의 어긋남 없이 살아낸 생, 쓰나마나 한 글은 쓰지도 않던 당신. 그 안간힘이 죽음을 재촉한 건 아닌지.

당대의 현실과 정면으로 마주한 채 인간의 속물적 심리를 날카롭게 꿰뚫던 정미경식 혜안, 그 서늘한 문장은 이제 어디서 읽을까. 왜 양말은 한 짝만 없어지는지. 언젠간 찾겠지 하는 심정으로 짝 잃은 양말을 서랍 한쪽에 놔두듯 당신의 소설을 내 마음 한쪽에 고이 놓아두겠네.

빈소에 마련된 식당으로 들어서니 시키지 않았는데도 상이 차려졌어. 다행히 우거지된장국이군. 이 자리에서 무얼 먹는다는 건 배탈이 났을 때 밥 먹는 것과 다름없다는 생각도 잊고 한 숟갈 뜨고 말았네. 미소된장을 푼 부드러운 국이 식도를 타고 내려가자 울렁이던 마음도 얼마간 진정됐어. 그래 난 이토록 헐렁해. 만날 때나 이별할 때나 우린 항상 식탁 앞이군. 만나서 반가워. 이런 식의 인사는 영영 못 건네겠지.

당신을 보내던 그 새벽, 홀로 눈밭을 걷고 있으려니 비로소 빈자리가 보였어. 맷집과 열정이 없는 작가는 초기에 돌아서는 것이 낫다고 우리가 입 모아 했던 말, 나는 후회하네. 사그라진 열정의 불씨를 피워가며 기신기신 쓰는 게 소설 아니겠나. 당신이 마지막으로 차려준 우거지된장국, 고맙고 따뜻했네. 정미경, 당신은 훌륭한 작가였어. 부디 평안히 가시게나.

모둠전
전골

후배와 모처럼 점심을 먹다가 체할 뻔했다. 차라리 이참에 이혼을 하고야 말겠다며 후배가 이를 사리물었다. 표정을 보니 괜한 말이 아니다. 명절 뒤끝에 신물나도록 듣는 불화(과도한 참견, 잔소리)라면 후배의 말을 귓등으로 흘렸을 것이다. 산전수전 공중전까지 겪은 선수들끼리 왜 이래 하는 불어터진 얼굴로 누구도 침범 못하게 안전거리나 엄격히 유지하라며 시들하게 말했을 것이다. 한데 후배의 사정은 좀 달랐다.

"종갓집 며느리 탕 속에 빠져 죽는다는 말 들어봤어요? 내가 딱 그 짝이 나게 생겼어. 작가는 뭐 직업으로 여기지도 않으니 그렇다 쳐. 맨날 집에서 노는 것 같으니까 자주 불러대는 것도 좋다 이거야. 그래도 이건 아니지······"

후배는 종갓집 둘째 며느리다. 명절과 불천위 제사, 시제 때마다 할랑한 꽃무늬 몸뻬를 사놓고, 제물을 장만하는 틈틈이 읍내에서 아이스 아메리카노나 따끈한 라테를 사다 주는 마음 씀씀이에 홀랑 넘어간 내가 등신이라며 후배가 눈물 콧물을 찍어냈다. 황소도 때려잡게 생긴 맏동서가 있어서, 전설로 내려오는 가양주를 홀짝이며 태진아의 〈옥경이〉를 구성지게 부르는 덕분에 한나절 꼬박 전을 부쳐도 허리 아픈 줄 몰랐는데, 신성한 제삿날 요사스럽게 뭔 노래냐며 시아버지의 추상같은 호통도 무시하며 재미나게 음식을 장만했는데, 철석같이 믿었던 맏동서가 천재 비슷한 아들 교육 때문에 종손과 대판 싸우고 캐나다로 쌩하고 날랐단다.

"손끝 야무지다고 칭찬할 때부터 알아봤어야 해. 일 터지고

어버버하다가 독박 쓰게 생겼으니 난 뭐냐고요! 종부도 아닌 것이 팔자에 없는 종부 노릇 한다는 게 말이 돼?"

징징거리는 후배 앞에서 할말을 잃었다. 고생문이 8차선 대로처럼 훤하게 뚫렸다고 곧이곧대로 말했다간 절연당하기 십상이어서. 이처럼 명절이 끝나면 집마다 즐거운 추억 두어 가지에 시름은 감자 줄기처럼 주렁주렁 올라온다. 울화가 치받아 찬물을 마시려고 냉장고 문을 열었다가 냉동실에서 대굴대굴 굴러다니는 남은 전들을 쳐다볼 때의 그 심정이라니.

명절 쇠고 시장 갈 기운도 없을 때 만드는 것이 모둠전전골이다. 남은 전과 산적, 쉬어버릴 게 분명한 고사리나물, 북어 대가리, 냉장고에 든 채소 몽땅 걷어서 끓이면 근사한 한끼 요리가 된다. 속이 타니까 이번엔 화끈한 김치를 넣어봤다.

준비물

각종 전 한 접시, 쑥갓 1/2줌, 청고추와 홍고추, 표고버섯 하나,

느타리버섯 한 줌, 김치 1/7포기, 멸치다시마 육수 네 컵.

양념장(김칫국 4큰술＋국간장 1.5큰술＋대파＋다진 마늘

＋청주 1큰술)

1. 물 다섯 컵에 멸치 열 마리, 다시마를 넣어 육수를 만든다. 한
   풀 끓으면 약한 불로 줄인 뒤 뚜껑을 열고 15분 더 끓인다.
   이때 북어 대가리나 새우를 활용해도 좋다. 건더기를 건지고
   육수를 따르면 딱 네 컵 나온다.

2. 준비한 육수에 먹기 좋게 썬 김치와 김칫국을 넣고 끓인다.
   한소끔 끓으면 남은 전을 색색으로 돌려 담는다. 손이 안 가
   는 두부전과 동태전, 제일 먼저 없어지는 녹두전이 전골로
   끓이면 맛나다.

3. 마지막에 어슷하게 썬 채소와 양념장을 넣고 약한 불로 조절
   한다. 쑥갓 대신 미나리와 나물을 넣어도 좋다. 얼큰함 대신
   삼삼한 전골을 원하면 김치와 김칫국을 빼고 고춧가루 1큰
   술, 소금 약간, 육수 한 컵을 추가한다.

모둠전전골

모둠전전골은 융통성 있는 요리다. 급한 성미 탓에 겉은 타고 속이 설익은 생선전도 보글보글 끓이면 제맛이 나고, 시든 채소도 전골 속 비린 것들과 조화롭게 섞여 우리가 바라던 딱 그 맛, 시원한 맛을 내어준다. 명절 뒷날 복잡하게 엉킨 가정사도 모둠전전골처럼 융통성 있게 처리하자. 감당 못하는 일을 두고 속만 태울 게 아니라 손들고 깨끗이 자수하자. 그러면 또다른 길이 보이리니(이래놓고도 뒷골이 당긴다. 아이고, 그놈의 종갓집!).

송화다식

　수요일 오후에 싸락눈 섞인 비가 내리면 휴지기 같은 정적
이 찾아온다. 방안에 뭉근하게 고인 정적을 떨치려 한참을 서
성대다가 마가레테 폰 트로타 감독의 영화 〈한나 아렌트Hannah
arendt〉(2012)를 봤다. 작년 개봉 때 잔뜩 벼르다 놓친 영화여서
작정하고 본 것이다. 그 영화에서 내가 감동받은 것은 '악의
평범성'을 주장한 철학자 한나 아렌트가 아니라, 개인 한나 아
렌트였다.

　강의와 논문 준비로 정신없는 와중에도 그녀는 짬짬이 친구

들을 초대했다. 매일 읽어야 하는 책과 쓰다 만 원고가 어지러이 널린 책상 옆, 소파에 주저앉아 친구들과 유쾌하게 담소를 나누는 그녀. 술이라야 와인과 맥주였고 안주도 두 접시뿐, 커다란 접시에 마카롱과 카나페 같은 후식용 주전부리와 샌드위치 정도가 담겨 있을 뿐이다.

지인을 초대하려면 적어도 이틀은 초주검이 되는 우리나라 여성과는 너무 다른 모습이다. 달랑 마카롱 두 접시로 저토록 흥겨운 자리를 마련할 수 있는데 왜 우린 상다리가 부러지게 차려야 한다는 케케묵은 사고방식을 버릴 수 없는 것인지. 영양 과잉인 시대, 누구도 먹기 위해 초대에 응하지는 않는데 말이다.

나치의 홀로코스트 같은 악행은 반사회적 인격 장애를 지닌 자들이 저지르는 게 아니라 국가에 순응하며 평범하게 사는 이들에 의해 행해진다는 그녀의 주장은 '악의 평범성'이 아니라 '악의 비속성' 쯤으로 해석해야 적확한 게 아닐까, 영화를 보는 내내 고개를 갸웃거렸지만 어쨌든 그녀는 그 학설로 전부를 잃었다. 가족과 유대계 커뮤니티, 사상계 등 모두가 등을 돌렸고, 살해의 위협 속에서도 그녀는 자신의 사상과 철학을 끝까지 관철시켰다.

그녀가 그렇게 할 수 있었던 배경에는 시인이자 남편인 하인리히 블뤼허의 헌신적인 사랑도 있었지만 그 휴지기 같은 하루들, 친구와 웃고 떠들며 밤새 담소를 나누었던 그 하룻밤들이 가져다준 에너지에 힘입은 바는 아닐까?

지난주 수요일, 영화가 끝나도록 싸락눈 섞인 비가 그치지 않았다. 나는 이것도 하기 싫고 저것도 하기 싫어서 맥주를 마셨다. 알 수 없는 뜨거운 기운이 몰려와 내 몸의 세포를 하나하나 깨우는 기분이었다. 맥주 한 컵이 바다와도 같았다. 방금 끝난 영화 속으로 내가 스며들어간 듯, 한나 아렌트와 친구들의 흥거운 담소 자리에 껴 앉은 기분이 되었다. 문득 안주로 마카롱이 아니라 품위 있는 전통 다식이 먹고 싶어졌다. 맛보다는 눈으로 먹는 것. 기왕이면 검은 흑임자나 참깨보단 노리

끼리한 송화다식이 그리웠다.

프랑스에 마카롱이 있다면 우리나라엔 다식이 있다. 둘 다 후식용 당과 제품으로 앙증맞은 크기에 생김새도 비슷하다. 내가 맛본 다식 중 최고는 학인당 종부가 만든 송화다식이다. 그 무렵 나는 동학에 관심을 두고 있었다. 고창 지역 답사를 마치고 느지막이 전주에 들른 길이라 눈도 뜰 수 없을 만큼 피곤한 상태였다. 학인당 종부가 내온 접시를 보니, 더도 덜도 말고 송화다식이 딱 세 개 놓여 있었다. 그중 하날 집어 입에 넣자 나갔던 기운이 가만가만 돌아오는 것 같았다. 그제야 궁중 건축 양식을 본떠 지은 학인당의 땅샘이며 우물마루, 우람한 칠량집의 풍모가 눈에 들어왔다.

송화다식은 그만큼 원기 회복에 좋다. 생각난 김에 집 근처 재래시장을 찾았다. 국내산 송홧가루를 파는 곳이 있기에 500그램의 가격을 물었더니 15만 원이란다. 헉, 이걸 사려면 원고를 몇 매나 써야 할까? 금가루도 이보단 싸지 싶었다. 다식가루는 다종다양하게 시중에서 판매하니 취향에 따라 선택하면 된다. 나는 흑임자와 참깨, 백년초를 각 300그램, 비싼 송홧가루는 100그램만 봉지에 담았다. 중국산 송홧가루는 돌이 지금지금 씹힐 우려가 있으니 주의할 것.

다식가루가 날리는 걸 막기 위해 비닐을 깔고 꿀을 넣어 조물조물 치댄다. 너무 질면 모양 잡기 어려우니 비닐이 떼어질 정도로 꿀을 조금씩 넣을 것. 다식판을 랩으로 한 바퀴 감싸준 다음 완성된 반죽을 넣고 꾹꾹 누른 뒤 찍어내면 그뿐. 다식판이 없을 땐 손으로 동그랗게 빚은 후 잘게 썬 대추를 얹어 꽃 모양을 내도 보기 좋다.

예전 방식을 고수하는 분들은 랩 대신 다식판에 참기름을 바르기도 하는데 이럴 경우 두고 먹을 때 뜬내가 날 수도 있으니 유의할 것. 이것 한 접시만 겨우내 냉동실에 비치해두면 제 아무리 어려운 손님도 거뜬히 맞이할 수 있으니 다식이야말로 주부들의 비밀 병기인 셈이다.

쌀강정
& 뽀빠이강정

책상 앞에서 오래 일하면 쌓이는 게 찻잔이다. 차 종류도 다양하다. 해종일 차만 마실 수는 없는 노릇, 글이 안 풀릴 땐 뭔가 씹을 게 필요하다. 위에 부담을 주지 않되 사각거리는 소리가 들리면 더욱 좋다. 이따금 청각과 미각도 일깨워야 정신이 해이해지지 않는다. 하여 가벼운 스낵을 주로 먹는데 언제부턴가 과자 회사들이 봉지에 질소를 빵빵하게 넣기 시작했다. 비스킷도 예외는 아니다.

"당신들, 정말 야바위꾼처럼 이러는 거 아니다. 우리는 '새우깡'과 '맛동산'에 오래 충성한 세대다. 여러 스낵이 시장에 요란하게 출시됐어도 눈길 한번 안 줬다. 간이 짜고 은근 맛이 촌스러워도 헐벗은 조강지처 같아서 물배 채우며 먹어줬다. 그런데 믿었던 너마저도……"

과자 회사에 된통 배신당한 후 둥근 뻥튀기를 애용하는데 가격이 만만찮다. 저성장의 늪, 한국에서 원고료로 밥 먹고 사는 작가는 장르 통합 30명 안팎이다. 오래전부터 작가들은 어찌 지내나, 묻지 않는다. 아니, 묻지 못한다. 한 달 평균 40만 원이 못 되는 원고료(그것보다 조금 낫거나, 못하거나, 아예 없거나)로 사는 것들이 서로 물어본들 뭐하겠는가. 민망하기만 하지.

쌀이 남아돈다니 놀멍 쉬멍 강정이나 만들자. 가장 손쉽게 만들 수 있는 게 앞에 소개한 다식과 강정이다. 그럴 리가…… 고개를 갸웃하는 분들에겐 현대그룹 정주영 회장의 말 좀 빌리자. "임자, 해봤어?"

내가 강정의 세계에 입문한 것은 고2 때였다. '라면땅'과 '뽀빠이'를 혹 아시려나? 수업이 끝나기 무섭게 학교 매점을 향해 들입다 뛰게 했던 국민 과자. 나는 그 나이에 '뽀빠이강정'을 만들었다. 겉보기완 달리 아무나 할 수 있는 게 강정이더라.

문제는 튀밥. 재래시장에 가면 튀밥 장수가 있을 것이다. 말린 쌀, 현미, 콩, 깨. 입맛대로 준비하시라. 강정은 헤프니 튀밥을 두 방쯤 튀길 것. 나는 쌀과 현미, 견과류를 선호한다. 견과류는 튀기지 말고 프라이팬에 차처럼 덖어라.

다음은 시럽. 냄비에 설탕과 물을 반반씩 넣고 용암처럼 부글부글 끓인다. 좀 살 만한 분들은 설탕 대신 코코넛 설탕을 넣어도 좋다. 커다란 양푼에 튀밥을 넣고 식힌 시럽으로 버무리면 끝. 비닐 깐 식탁에 버무린 튀밥을 붓는다. 밀대를 이용해 윗면을 판판하게 누른 뒤 튀밥이 굳으면 네모와 마름모꼴로 자르면 된다. 튀밥만 준비되면 1시간에 라면 한 박스 분량은 거뜬히 만들 수 있다.

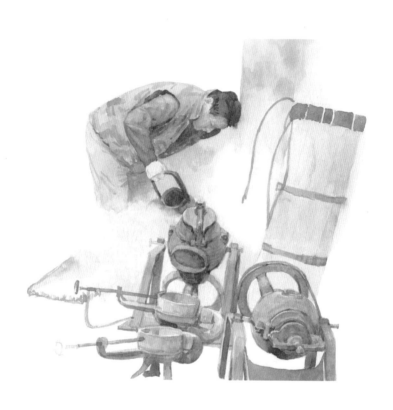

정석대로 하면 심심하니 변용해보자. 설탕을 끓일 때 저민 생강 서너 쪽을 넣으면 쌀강정의 맛이 웅숭깊고 화해진다. 한 입의 천국이 따로 없다. (생강과 쑥이 우리 가까이에 있다는 건 축복이다. 큰절 올리고 먹어야 한다.) 콩강정엔 계피가 어울린다. 충격의 돌풍, 몹시 퓨전스러운 맛. 시중에선 찾을 수 없는 나만의 별미 강정이 된다.

우리 동네에 아주머니 한 분이 계셨다. 일찍 청상이 된 그분은 하나뿐인 오빠마저 병으로 잃었다. 하여 친정 조카와 올케를 데려와 일가를 이루고 살았다. 비단 장수로 집안을 일으켰고, 그 시절 조카를 유학까지 보냈으니 타고난 여장부라 할 만했다.

어느 날 그 아주머니가 강정 만드는 걸 보게 되었다. 옆에서 얼쩡거리던 내게 레시피를 조근조근 일러주셨다. 그분의 방식대로 하는 게 재미가 없어서 생강과 계피를 추가했다. 마지막엔 라면 과자를 투입해 강정을 만들자 아주머니가 샐쭉 토라졌다.

인물과 옷태가 빼어나고 솜씨 또한 뛰어나 여러모로 눈에
띄던 사람이었다. 상처한 한의사가 여러 해 공들이다가 물먹
은 후론 거만한 여자라고 동네방네 소문을 냈으니. 사실 그분
은 웬만한 남자는 눈 아래로 깔아 보는 경향이 있었다. 조카를
유학 보낸 후 사연 있는 젖먹이를 입양해 꽃처럼 활짝 키워냈
으니 뻐길 만도 했다.

거만하다고 소문난 그분은 기실 교수법이 뛰어난 사람이었
다. 요리의 생초보도 만들 수 있게 핵심만 딱딱 꼬집어 설명해
줬다. 지금도 생강 향이 알싸하게 도는 쌀강정을 먹게 되면 그
분이 생각난다. 내게 요리를 처음 가르쳐준 여자. 자기 주도하
에 거칠 것 없이 살았다 해도, 여자가 누리는 소소한 재미를 일
찍 포기한 그녀의 삶을 생각하면 늘 가슴께가 아릿해진다. 생
강 같은 나의 스승이여, 부디 오래오래 평안하시라.

도렐 커피

살다보면 이런 행운도 만난다. '플레이스 제주'를 선택한 건
순전히 방값 때문이다. 제주도에 있는 호텔의 하루 방값이 갈
치조림 가격과 비슷하다니. 기대는 접었다. 겨울도 봄도 아닌
2월이 내겐 가장 견디기 힘든 철이다. 공간만 이동해도 어디
냐, 창밖 풍경이 다른 것만으로도 감사해야지, 대략 이런 마음
으로 짐을 쌌다. 돌아다닐 생각이 없었기에 차는 빌리지 않았
고 제주 시외버스 터미널에서 택시를 타고 성산까지 갔다. 택
시비는 2만 3천 원. 이럴 줄 알았으면 공항에서 부를걸.

호텔방은 생각보다 작았다. 큰 방으로 골랐기에 망정이지 안 그랬으면 답답할 뻔했다. 커튼을 열자 성산일출봉이 한눈에 보였다. 베란다로 나가 바람을 맞고 있으려니 그제야 답답하던 가슴이 트였다. 내겐 제주도 풍경이 아니라 맑은 공기와 습기 품은 바람, 그게 필요했는지도. 짐을 풀고 슬슬 구역 점검에 나섰다. 유럽 거리를 옮겨온 듯한 식당가는 비수기여서 한산했다. 메인 한식당에서 이른 저녁을 먹고 나오니 카페 도렐이 보였다. 커피 한잔이 간절하게 그리운 시간.

커피에 관해서는 조금 까다로운 편이다. 기본에 충실하지 않으면 기분이 상한다. 돈을 내고 사 먹는 커피든 손수 내린 커피든. 요즘 카페 메뉴판을 보면 하나같이 이름이 어렵다. 플랫화이트, 리스트레토, 룽고. 커피는 커피콩과 물의 온도, 추출법에 따라 맛이 좌우된다. 베이커리의 수준을 알고 싶으면 빵의 기본인 단팥빵과 크림빵을 맛보면 되듯 아메리카노를 마셔보면 그 카페 바리스타의 수준을 알 수가 있다. 커피의 기본은 에스프레소. 에스프레소의 추출법에 따라 리스트레토와

룽고로 나뉘고 거기에 섞는 스팀 우유량과 공기방울 비율에 따라 카페라테와 플랫화이트, 카푸치노와 카페 마키아토로 나뉜다.

카페 도렐은 도렐만의 풍미가 있다. 흰 크림 사이로 에스프레소가 검게 퍼져 흐르는 모양이 예술 작품 같다. 나는 창가에 자리를 잡은 후 커피를 받아서 느릿느릿 그날의 첫 커피를 마셨다. 카페 도렐은 1층과 2층이 툭 트여 있어서 높은 천장이 매력적인 곳이다. 도렐은 곧 내 아지트가 되었고 젊은 바리스타와도 친해졌다. 나는 일출봉도 섭지코지도 우도도 가질 않고 게으른 고양이처럼 호텔 안을 어슬렁거리며 산책하다가 카페로 들어가 너티 클라우드나 아인슈페너를 주문했다. 젊은 바리스타와 이런저런 얘기를 나눈 후 볕바른 창가에 앉아서 노트북을 여는 게 그곳의 일상이었다.

커피를 내릴 때가 가장 행복하다는 젊은 바리스타는 대학 졸업 후 잡은 첫 직장이 이 카페라고 했다. 나는 행복하면 죄

책감을 느끼는데…… 교대 시간이 되면 바리스타는 기다렸다는 듯 광장으로 나가 인라인 스케이팅을 즐긴다. 피노키오(인라인의 바퀴를 한 개씩 혹은 양쪽을 합쳐 앞으로 나아가는 것) 기술을 제대로 구사하기 위해 땀을 뻘뻘 흘린다. 이유를 물으니 아름답잖아요, 한다. 내 운동 목적이 어쩐지 시시해지는 것 같다. 나는 건강해지려고 운동하는데……

내가 젊은 바리스타에게 관심을 가진 것은 아들 또래이기 때문이다. 낡은 휴대전화를 쓰면서도 히말라야 암염을 사는 나를 아들은 이해하지 못한다. 그게 뭐라고, 한낱 소금일 뿐인데. 고산족만이 갈 수 있는 산정 호수의 깊은 곳에서 퍼낸, 비와 바람과 추위를 2억 년 동안 응축하고 있는 연분홍빛 소금이 히말라야 암염이다. 그걸 혀끝에 올리면 강렬한 짭짤함 끝에 고여드는 달콤함을 아들은 모른다. 이것은 소비의 방식이 아니라 삶의 방식이라고 말하면 아들은 헐~ 하며 웃는다.

입이 떡 벌어지게 토익 점수가 높은 젊은 바리스타에게 인

도렐 커피

생의 첫 직장이라기엔 카페가 가볍지 않으나 내가 묻지 않듯 그도 묻지 않는다. 관광지를 코앞에 두고도 왜 가질 않느냐고. 2030세대가 주 고객 층인 그곳에 뻔뻔하게 스며들어 어슬렁 거리며 지낸 3박 4일, 나쁘지 않았다. 나는 좀체 잡히지 않던 소설의 뼈대를 그곳에서 세웠고 2030세대를 좀더 깊이 이해하는 계기가 되었으니까. 손을 흔들며 돌아서 나오는데 그들이 누리는 젊음에 살짝 질투가 나긴 했다. 그 젊음이 아름다워서. 물론 그렇다고 부러운 건 아니었다, 단연코.

목장우유

　우유를 처음 맛본 것은 예닐곱 살 무렵 동네 언니를 따라 들어간 월류다방에서였다. 내가 자란 마을에는 다방과 소규모의 옹색한 영화관이 하나씩 있었는데 선남선녀들이 추운 날 데이트를 하려면 그 다방에 가는 수밖에 없었다. 데이트 현장에는 나 같은 어린 여자애를 매번 혹처럼 달고 다녔는데 우리는 수상한 짓을 하지 않습니다, 라고 동네 어른들에게 내보일 표석 같은 용도로 쓰기 위해서였다. 그 시절 내가 혹으로 자주 불려다닌 것은 집에 가자 보채지 않고 혼자서도 꼬물꼬물 잘 놀았기 때문이다.

월류다방의 밀크는 미군 부대에서 흘러나온 전지분유에 소금과 설탕을 탄 것인데 나는 그 맛에 매혹당해 사실 저 오빠가 지난주에는 옆 동네 순희 언니와 영화관에 갔다는 말을 발설하지 않았다. 거우 예닐곱 살인데도 그런 룰쯤은 알았다. 커피를 두 잔만 시키는 쩨쩨한 오빠도 있는데 그 오빠는 번번이 내 몫의 밀크를 사줬기 때문이다. 일종의 뇌물과 다름없던 나의 첫 밀크. 노리착지근하고 달달하고 약간의 잡맛이 혀끝에 감기던 밀크에는 비밀과 거짓말, 어른들의 은밀한 사생활(까보면 별것도 아닌)이 녹아 있었다.

내가 제대로 된 우유를 마신 것은 초등학교 3학년 때다. 남성교회에 갓 부임한 목사님이 우리 반 친구 아버지였는데 개척교회 운영 자금으로 쓰려고 사택 뒤 축사에서 젖소 두 마리를 사육했다. 마을이 생긴 이래 처음 들여온 젖소였다. 아침마다 목사님이 우유를 짜서 사이다 병에 담아놓으면 친구가 집집마다 자전거로 배달했다. 갓 짠 우유에서 풍기던 고소한 냄새. 쌀쌀한 초봄의 아침, 대문 밖에 놓인 우유병을 집었을 때 느껴지던 손안의 온기.

 껄쭉한 밀크와 달리 신선하고 깔끔한 맛이었고 멸균 과정을
거치지 않았는데 배탈이 한 번도 안 났다. 두 달 정도 받아먹
으면 우리가 이걸 먹을 때냐며 엄마가 어김없이 끊었고, 틈을
엿보던 아버지가 한동네에 사는 정리로 그러면 안 된다고 다
시 우유를 신청하는 식이었다. 집에서 한동안 우유를 끊으면
나는 친구 볼 면목이 없었다.

 그래도 크리스마스 때마다 교회에 갔는데 어느 해인가 친구
아버지가 내 머리에 손을 얹고 축원 기도를 해주었다. 나는 지
금도 또렷이 기억한다. 성우 배한성을 닮은 목사님의 멋진 목
소리와 정결하게 닦인 교회 마룻장을. 그때 내 안에 성령 같은
것이 임한 것 같았고 뒤통수로는 휘황한 붉은 고리가 마구 치
솟는 것 같았다. 훗날 훌륭한 사람이 되지 못하면 천길 지옥의
불구덩이에 빠질지도 모른다는 두려움마저 생겼다.

목사님에게는 지천꾸러기 게으른 사모가 있었다. 신도들이 가져다주는 농작물이 사택 부엌에서 썩어나가기 예사였고 겨울이면 통배추가 언 채로 마루에 뚜르르 굴러다녔다. 게다가 틈만 나면 자는 통에 살이 어마어마하게 쪘는데 눈·코·입을 뜯어보면 꽤 미인 축에 들었다. 그 사모에게도 빛나던 한때가 있었을 것이다. 세상에 어느 여자가 결혼하면 막살 거라고, 허구한 날 살찌우며 잠만 잘 거라고 맹세를 할까. 친구 엄마는 어느 순간 모든 걸 놔버린 것이다. 그런 순간이 있었을 것이다. 친구가 꽁꽁 언 손으로 새벽마다 우유 배달 나가는 걸 보고도 눈을 감고 돌아눕게 하는 그 무엇이 분명 있을 것이다.

교회 마당에 나뒹구는 뚜껑 없는 스테인리스 재질의 목장우유 양동이, 까치집 머리의 사모를 보면 마을 어른들은 목사님의 위신을 깎아먹는다고 혀를 찼지만 내 생각은 달랐다. 목사님은 훌륭한 분이지만 남편으로는 좋은 사람이 아닐 수도 있다고. 그러곤 천벌을 받을까봐 덜덜 떨었다. 그때 이미 나는 보지 말아야 할 것들, 적나라한 생의 이면을 아이가 아닌 어른의 눈으로 봤던 것이다.

  가끔은 이런 내가 싫어서 왜 어린애를 돌돌 싸서 키우지 못
하고 놓아 키웠나 부모를 원망한 적도 있다. 하나 돌아보면 모
두가 그랬다. 한 가정에 적게 낳아야 아이가 서너 명, 온 마을
이 나서서 아이들을 키웠다. 그래서 싸서 키우는 요즘 애들에
겐 엄마는 있어도 고향이 없다. 지금도 1년에 한두 차례씩 내
가 자란 마을에 들르는데 육칠십대 어른을 뵈면 절로 고개가
숙여진다. 그때 그 언니 오빠들일까 싶어서…… 저는 당신들
의 무릎 위에서 자라난 사람입니다.

교동시장
깐 소라

대구에는 얼마 전 화재가 난 서문시장 말고도 교동시장이 있다. 대구 번화가인 동성로에 자리잡은 교동시장 인근에 동아백화점이 있었다. 그 시절 도무지 늘지 않는 영어 실력 때문에 외국인과 펜팔을 많이 했는데 동아백화점을 배경으로 사진을 찍어서 자기집이라고 편지에 써 보낸 간 큰 친구도 있었다. 대구의 지독한 더위, 아열대 기후와는 다른 끈끈하고 눅진한 열기가 분지를 감싸안으면 도로의 아스콘이 녹아서 구두 굽에 찐득하게 달라붙었다. 하여 한낮엔 쥐죽은 듯 엎드려 있다가 선선한 저녁 무렵이면 하나둘 교동시장으로 모여들었다.

시골에서 향토장학금이 올라온 날이면 아이들은 동성로 '석' 미용실에서 머리를 자르고 누군가는 거금을 투자해 파마를 했다. 파마머리 손질법을 몰라서 수십 마리 달팽이가 머리에 올라붙은 것처럼 부글부글 치솟은 꼴을 하고도 부끄러워하지 않았다. 가수 이선희의 데뷔 당시 사진을 보라. 우리에게 큰 웃음을 선사하는 그 파마머리가 당시 유행이었다. 그래서 타투를 하고 찢어진 청바지를 입고 찍은 사진이 있다면 지금 즉시 없애는 것이 현명하다. 이때 왜 이러고 다녔나, 후회하는 날이 반드시 오리니. 유행이란 그런 것이다.

'석' 미용실에서 슬슬 걸어내려가면 교동시장이 보인다. 깐 소라를 파는 함지박 장수들이 입구를 막다시피 했다. 동성로의 열기를 식힐 듯 비릿하게 올라오던 한줄기 바다 냄새. 우리는 번번이 그곳을 지나치지 못하고 방앗간의 참새처럼 좌판에 옹기종기 모여앉아 소라를 초고추장에 찍어 먹었다. 다소곳이 모은 무릎 위에는 그 시절 베스트셀러였던 '전혜린'의 『그리고 아무 말도 하지 않았다』가 놓여 있었다.

그녀가 한국에서 맛보지 못했던 삶의 본질을 깊이 체득하며 살았던 4년간의 독일 유학 생활, 그로 인해 수많은 한국인에게 슈바빙을 알린 책이다. 뮌헨 북부 1구, 슈바빙의 회색 보도와 레몬빛 가스등. 유학 시절 전혜린에게 안개비에 젖은 슈바빙과 독일 맥주, 소시지가 있었다면 우리에겐 대구의 질식할 듯한 더위와 교동시장의 깐 소라가 있었다. 우리가 앉은 좌판 뒤로 미제 물건을 파는 도깨비시장이 불야성을 이루었고 실수로 책 표지에 초고추장을 떨어뜨리면 황급히 일어나 휴지로 닦아내곤 했다. 구수하고 풋풋하고 새콤하고 짭짤하고 간드러지게 쿰쿰한 교동시장의 소라를 어찌 전혜린의 독일 소시지에 비교하랴.

'내 청춘의 간식은 소라였다'라고 쓰고 보니 어쩐지 자신이 없다. 내가 먹은 그 소라가 진정한 소라인지 아니면 또다른 형태의 바닷고둥이었는지 그것마저도. 나는 둘째를 가진 후 교동시장의 소라가 너무 먹고 싶은 나머지 일 삼아 대구에 내려간 적이 있다. 옛날 그 자리라고 생각되는 곳에서 소라를 먹었는데 꼬들꼬들한 맛이 사라졌고 껍데기도 두꺼웠고 크기도 작았다. 부른 배를 내밀고 옛날 그 소라가 아니라고, 그때 그것은 다슬기처럼 껍데기가 얇았노라고 주장했더니 이 소라가 그 소라라고 아주머니가 빡빡 우기셨다.

소라 삶은 국물에 깐 소라를 담갔다가 덜어주는 방식은 같았으나 분명 전에 먹던 소라가 아니었다. 작가 중에 고향집 정원에 핀 유년의 목단에 관해 말하던 사람이 있었다. 우리가 이 목단이 고향집 목단과 비슷하냐고 물으면 꽃봉오리가 탐스럽지 않다, 향기가 다르다, 꽃술이 빈약하다 하면서 갖은 핑계를 대며 자기네 목단은 특별했노라고 우기던 사람. 내가 딱 그 경우였다. 그 소라가 아니라고 하자 아주머니가 날 이상하다는 듯 쳐다봤다.

전혜린의 책에 이끌려 뮌헨에 간 친구들이 그 슈바빙이 아니라고 끌탕했던 것처럼, 나는 교동시장의 소라에 실망하고 말았다. 언제나 간당간당하던 생활비로 단 한 접시만 사 먹을

교동시장 깐 소라

수 있었던 그 소라가 아니어서 그랬을지도. 이십대의 애동대동한 얼굴로 까치집 파마머리를 하고 좌판에 앉아서 짭짤거리며 먹었던 소라가, 남산만한 배를 내밀고 먹던 삼십대의 맛과 어찌 같으랴. 자주 드나들었던 고전 음악 감상실마저 자취를 감춰버린 동성로 거리를 쓸쓸히 걸으며 나는 그날 생의 테제와 안티테제에 관해 생각했다. 머무르지 않고 흘러가는 것들에 관해서도.

무말랭이밥

요즘 무말랭이차가 대세다. 무릎 관절과 골다공증, 당뇨에 좋다는 보도 때문인지 밖에 나가면 무말랭이가 심심찮게 화제에 오른다. 식자층에 속하는 이들도 귀를 모으며 혹하는 눈치다. 한때는 블루베리가 세계 10대 슈퍼 푸드에 속한다는 소문 때문에 과일 가게에서 일찌감치 동나기도 했다. 하여 너도나도 블루베리 농사에 뛰어드는 바람에 피해를 본 농가도 여럿 생겨났다.

특정 식재료를 마치 세상에 하나뿐인 무슨 비약秘藥처럼 잔뜩 부풀리는 방송도 문제지만, 뭐가 어디에 좋다고 하면 우르르 따라 해야 직성이 풀리는 우리 국민성도 문제가 있다. 무릎 관절이 약하고 당뇨가 있으면 집에서 무말랭이차나 마시고 있을 게 아니라, 얼른 병원에 가서 치료받고 약을 복용해야 된다. 그게 완치의 지름길이다.

생각해보라. 5060과 7080세대는 무말랭이를 신물나도록 먹었다. 매콤달콤하고 국물이 흐르지 않는다는 이유로 도시락에 만날 들어 있던 게 무말랭이무침이다. 그 외에도 멸치볶음과 콩자반(말랑하고 가무레한 게 아니라, 딱딱하게 볶은 콩에 파와 마늘, 집간장을 넣어 성의 없이 버무린 옛날 콩자반. 아 정말 싫어했다, 그 찝찔한 냄새만으로도!), 진미채볶음과 김치 같은 단골 도시락 반찬들. 간혹 달걀프라이가 밥 위에 요염하게 올라와 있으면 아이들이 여기저기서 휘파람을 불어댔다.

겨울이면 조개탄 난로 위에 켜켜로 얹힌 납작 도시락들. 인심 좋은 선생님은 수업하다 말곤 도시락 위치를 한 번씩 아래

위로 바꾸도록 반장에게 시켰다. 그렇게 해야 양은도시락이 타질 않았다. 불땀 좋은 난롯불에 김치와 무말랭이가 자글자글 익어가는 소리…… 저절로 군침이 돌았고, 둘째 시간이 끝나기 무섭게 후다닥 먹어치웠던 그 많은 도시락.

어려서부터 무말랭이를 그토록 열심히 장복했건만, 5060과 7080세대의 무릎은 왜 황소의 뿔처럼 튼튼하지 못하고 부실할까? 돌아보면 우리가 웰빙 음식이라고 떠받드는 것들 모두 옛날에는 천민들이나 먹던 것이다. 이래서 세상은 재미지다. 흔해서 함부로 취급했던 쪼글쪼글한 무말랭이가 귀빈 대접을 받는 날이 올 줄이야……

어쨌거나 무에는 '시니그린'이라는 매운맛을 내는 성분이 함유되어 있어 기관지 점막을 강화하고 가래를 묽게 한다. 기침과 목감기 같은 질환을 예방하고 개선하는 데 어느 정도 효과가 있다. 골초였던 정조대왕도 니코틴 배출 효과를 위해 무를 즐겨 먹었다는 기록이 남아 있다. 또 무를 가을볕에 꼬들꼬

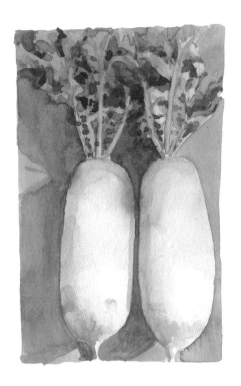

들 말리면 칼슘과 식이섬유가 풍부해져 뼈 건강과 당뇨에 좋다. 미세 먼지와 황사가 몰려오는 봄철, 무말랭이를 맛으로 한 번쯤 먹어도 좋을 것이다. 하여 오늘의 메뉴는 추억의 무말랭이밥.

준비물

무말랭이, 마른 표고, 부추, 멸치 육수, 양파, 뿌리 달린 대파,

참기름, 식용유, 간장, 후추, 달래간장(달래＋집간장 약간

＋진간장 넉넉히＋고춧가루＋참기름＋식초).

1. 무말랭이의 군내를 없애기 위해 토막 친 양파와 뿌리 달린 대파를 넣고 팔팔 끓여 우린 물을 준비한다.
2. 물이 알맞게 식으면 무말랭이를 넣고 40분가량 불린 뒤 찬물에 씻어 건진다.
3. 마른 표고도 미지근한 수돗물에 불린다.
4. 불린 무말랭이와 표고버섯을 꼭 짠 후 간장, 후추, 참기름으로 간한 다음 팬에 식용유를 두른 후 달달 볶는다.

5. 불린 쌀에 멸치 육수를 넣고 밥을 짓는다.

6. 뜸이 든 밥에 나붓나붓 썬 부추와 4를 함께 섞는다.

완성된 무말랭이밥에 달래간장을 넣어 비비면 나른한 몸이 깨어나는 기분이랄까. 은은하면서도 상큼한 게 무말랭이에서 이런 맛이 나올까 싶을 정도로 기품 있다. 끝으로 세상 모든 음식은 저마다 영양소를 지니고 있다. 특정 음식에 빠지지 말라는 얘기다. 우리가 밥을 먹을 때마다 어머니에게 듣던 잔소리, 음식은 골고루 먹어야 된다는 말이 괜히 나온 게 아니다. 다 일리 있는 말이다.

냉이호박고지강된장

LA에 사는 딸을 만나러 간다. 여행 가방 두 개에 짐을 꾸려 훌쩍 떠나보낸 지 어언 4년, 그간 물가에 어린애를 홀로 놔둔 심정이었다. 여기서 대학을 마치고 갔다고는 하나 내 눈에는 여전히 철부지와 다름없다. 그런 심정이면서도 선뜻 시간을 내지 못하고 차일피일 미루기만 하다 이제야 보러 가는 길이다.

한동안 집을 비우려면 단속할 것, 마무리지을 일도 많다. 정신없는 며칠을 보낸 뒤 딸한테 뭐 먹고 싶냐, 카톡으로 물었더니 그냥 몸만 오란다. 엄마 바쁜 거 다 아니까 카드와 여권만 가지고 오세요, 한다. 그래도 사람 마음이 어디 그런가. 다른 엄마들처럼 바리바리 싸갈 수는 없을 테지만 아이가 먹고 싶은 음식 두어 가지는 꼭 챙겨 가고 싶었다.

딸한테 건넬 재미있는 신간 소설 몇 권을 캐리어에 넣으며 거듭 물었더니 그제야 입을 뗀다. 갓 지은 따뜻한 밥에 냉이호박고지강된장을 끼얹어 쓱쓱 비벼 먹고 싶단다. 그새 아이의 입맛이 바뀌었나? 여기 있을 때는 식탁에 올려놔도 손대지 않던 메뉴였다. 낮에는 직장에 나가 일하고 저녁에 혼자 지어 먹는 끼니가 오죽하면 저러랴 싶었다.

냉이호박고지강된장이라…… 그것만 있으면 현지에서 구입한 고기와 채소로 엄마표 식탁을 뚝딱 차려낼 수 있을 것이다. 하지만 어쩌나, 주재료인 냉이는 비행기 반입이 안 되는데. 나는 언 땅을 뚫고 올라온 토종 냉이, 그 신선한 봄 향기를 딸에게 맛보이고 싶었다. 하여 별수 없이 집에서 한 통 만들어가기로 했다. 강된장은 된장에 여러 가지 재료를 넣어 바특하게 끓인 음식이다. 밀폐용기에 담아 비닐로 꽁꽁 싸매면 냄새도 나지 않을 듯했다.

준비물

호박고지 한 줌, 냉이 크게 두 줌, 다진 소고기, 양파,

두부 으갠 것, 다시마 육수 조금, 고춧가루, 콩가루, 된장,

마늘, 참기름.

강된장이나 된장을 끓일 때는 호박고지를 넣는 게 좋다. 된장의 짠맛을 없애주며 애호박보다 영양가도 높다. 게다가 쓸 만큼의 분량만 꺼내면 되니 훨씬 경제적이다. 한 번 쓰고 남은 애호박 토막이 냉장고에 굴러다니는 걸 보지 않아도 된다. 호박고지는 애호박을 말린 것이고 호박오가리는 늙은 호박을 말린 것이다. 실수로 호박오가리를 사면 단맛이 나서 음식을 버리기 십상이니 주의할 것. 호박고지를 구입할 때는 둥근 원형보다 길쭉한 모양으로 된 것을 사야 된다. 그게 조선호박을 말

린 것이다.

1. 호박고지는 딱딱한 기운이 사라질 때까지 물에 불려 행군 후 물기를 꼭 짠다.

2. 준비한 호박고지, 소고기, 양파를 잘게 다진다.

3. 냉이의 잎은 듬성듬성, 뿌리는 잘게 다진다.

4. 두부는 만두소를 만들 때처럼 칼의 옆면으로 눌러준다.

5. 달군 냄비에 참기름을 두른 뒤 다진 고기를 볶다가 양파, 호박고지 순으로 넣어 달달 볶는다.

6. 여기에 된장과 두부 으깬 것을 넣고 볶다가 다시마 육수를 바특할 정도로 부어 끓인다. 이때 반드시 간을 보며 두부와 된장, 육수의 양을 조절할 것. 강된장은 삼삼해야 맛나다.

7. 냉이+마늘+고춧가루+콩가루를 넣고 한 번 더 끓인 후 국물이 되직해지면 뚝배기에 담는다.

숙종 때 실학자 홍만선은 『산림경제』에 냉이는 성질이 따뜻해 오장을 조화롭게 한다고 썼다. 중국과 일본에서도 즐겨 먹던 봄나물이 냉이다. 중국은 만두와 춘권을 빚을 때 냉이를 소에 넣고 일본은 봄을 맞으며 먹던 일곱 가지 채소 중 하나였으니 동양에서는 봄을 축하하는 음식에 냉이가 빠져서는 안 된다.

　겨울이 끝나고 봄이 왔음을 가장 먼저 알려주는 식탁의 전령사. 하여 봄철 최고의 음식 재료는 뭐니 뭐니 해도 냉이와 쑥이다. 냉이를 사러 가는 길에 떡집에서 쑥으로 만든 절편도 한 봉지 샀다. 오랜만에 만난 모녀가 회포를 풀 때 주전부리할 것도 있어야 하지 않겠는가. 봄 향기 물씬 나는 풍성한 식탁에 딸과 마주앉을 생각을 하니 벌써부터 가슴이 설렌다.

병어조림

아파트 문을 열자 고양이 한 마리가 마중나왔다. 나는 단번에 녀석을 알아보았다. 후추다. 소파 뒤에서 고개를 갸웃거리는 놈은 하추. 후추는 딸에게 한낱 반려동물이 아니라 친구와 다름없다. 그래서인지 딸의 말을 대부분 알아들었고 다소 거만하며 움직임이 우아했다. 후추가 쓸쓸할까봐 나중에 들인 고양이 하추는 천지를 모르고 까부느라 바쁘다.

"후추야, 미국 생활 초기에 내 딸의 불안과 외로움을 덜어줘 고맙구나."

나는 들어서자마자 의젓한 후추의 등부터 쓸어주었다.

동료 작가가 사인해서 딸한테 선물한 소설을 건넨 뒤 짐을 푸는데 아이가 냉장고에서 병어를 꺼낸다. 냉이호박고지강된장을 만들어 왔으니 쌈을 싸 먹자 해도 첫 끼는 자신이 만든 요리로 대접하고 싶단다. 사실 나는 살짝 익힌 두툼한 스테이크에 살라미 한쪽을 얹은 싱싱한 샐러드를 먹고 싶었다. 그런데 하필이면 한국에서 자주 먹던 병어라니. LA에는 이름 모를 물고기도 많을 텐데…… 이래서 자기 식의 판단은 위험하다.

싱크대 서랍을 여니 동서양의 소스가 모여 있다. 주로 일본 제품이고 미국산 올리브유, 한국의 참기름, 양조간장, 통깨도 보인다. 한참 뒤 딸이 식탁에 내온 것은 일본식 병어조림이었다. 한국식으로 매콤하게 조릴 생각이었는데 양조간장을 넣는다는 것이 실수로 우스터소스를 뿌려서 망했단다. 매실액과 물엿에 우스터소스까지 넣었으니 오죽이나 달까. 그래도 병어가 싱싱해서 배받이 살은 야들야들 입에 감겼고 밑에 깔린 무도 달짝지근해 건져 먹을 만했다. 마지막에 청송 태양초 고춧가루를 급히 넣어 느끼함을 잡은 탓이다.

병어조림

식탁 맞은편 통유리 창으로 밑동이 굵은 나무 한 그루가 수양버들처럼 늘어져 있다. 야자수만큼 큰 키에 잎은 꼭 소나무 같다. 제 이름이 있을 테지만 나는 헬렐레 소나무라 부르기로 했다. 술에 취한 사람의 걸음걸이와 닮았기 때문. 그 나무 뒤로는 2층 주택의 전경이 보이는데, 붉은 꽃이 담장을 따라 조랑조랑 무더기로 피어 있어서 헬렐레 소나무와 멋진 대조를 이루었다.

"아파트는 낡았지만 전에 살던 집에 비하면 대궐이에요. 여기가 우리집에서 경치가 가장 좋은 곳이야. 낮에는 이 식탁에 앉아서 차 마시며 일해도 좋을 거예요."

딸이 식탁 한편에 내 노트북을 설치해준다. 한데 그 경치 좋은 창의 절반을 캣타워가 차지하고 있다. 통유리의 반은 고양이, 나머지 반은 내 몫이라는 얘기다. 창의 절반을 짐승한테 내줘야 한다니. 게다가 주방이 바로 옆인데 싫어서 캣타워를 조금 밀치자 딸이 아이 엄마, 하며 만류한다.

고양이 털이 주방에 날릴까봐 그랬다고 발뺌했으나 체면만 깎인 셈이 됐다. 나의 이 모든 추태를 처음부터 고요히 지켜보던 눈이 있었으니, 캣타워에 고고하게 앉은 채 양보할 생각이 추호도 없는 저 후추라는 놈. 아, 미국까지 와서 고양이와 치사하게 자리다툼하게 될 줄은 몰랐다. 둘러보니 스무 평 남짓한 아파트에 고양이 살림이 반, 사람 살림이 반이다. 컴퓨터 마우스 패드도 후추 사진으로 도배가 되었다. 딸이 없는 낮에 녀석들이 뛰어놀 수 있도록 아파트를 옮겼다 하니 이 집에서 고양이의 위세가 어느 정도인지 짐작된다.

하추는 애교를 떨며 엉겨붙는데 후추는 날 경계한다. 기분 나쁘게 영리한 놈. 서열 정리가 필요한 시점이다. "헤이 후추, 고마운 건 고마운 것이고 우리 태도는 분명히 하자. 난 너보다 서열이 높단다. 네 주인의 엄마라고. 한마디로 너의 집사가 아니라는 얘기지." 후추와 눈빛을 교환하며 암묵적 정리를 끝낸 뒤 잠자리에 들었다. 딸이 옆에서 새근새근 잔다. 우리가 나란히 누워본 게 얼마 만이냐.

"엄마, 내 방 창문을 열면 담벼락만 보여요." 심장을 졸아붙게 만들던 딸의 전화. 그 좁은 북향집에서 지낸 게 엊그제 같은데…… 기특한 녀석. 아이가 잠꼬대를 하기에 등을 토닥거려준 뒤 이마를 짚어보니 땀이 끈끈하게 배어난다. 날 마중한다고 제 딴엔 고단했나보다. LA에서 맞는 모녀의 첫날밤은 이렇게 깊어간다.

우메보시
주먹밥

아침에 눈을 뜨면 고양이 털과 씨름한다. 대청소를 했다지
만 구석구석 숨은 털이 보인다. 눈도 나쁜 사람이 어쩌면 그렇
게 가느다란 터럭을 잘도 찾아내느냐며 딸이 옆에서 혀를 찬
다. 고양이한테 푹 빠진 너만 못 볼 뿐. 사랑에 붙잡힌 자 눈부
터 머는 법이라고 그토록 일렀거늘, 쯧! 딸이 오는 기척이 들
리면 후추가 번개처럼 현관으로 달려간다. 서열이 낮은 하추
는 마중할 군번도 못 되는가보다. 현관으로 쪼로록 따라가면
후추가 발로 차서 밀어버린다. 저 불한당 같은 녀석.

아파트의 높은 자리는 모조리 후추의 것, 불쌍한 하추는 언제나 녀석의 발치 아래 웅크리고 있다. 식탐이 많은 후추는 수시로 하추의 밥을 빼앗아 먹는다. 뒤태를 보면 후추의 엉덩이는 몸뻬 입은 아줌마처럼 펑퍼짐하고 하추는 사과처럼 동그스름하다. 이런 사정을 딸한테 고하자 인간이 묘족의 세계에 깊이 관여하면 안 된단다. 아니, 그러면 저 꼴을 계속 봐야 한단 말인가? 하추야, 인간은 너처럼 당하면 광장으로 나가서 촛불을 든단다, 라고 알려줄 수도 없고, 원.

아이가 좋아하는 우엉찜을 하려고 보니 면 보자기가 없다. 그런 게 이 집에 있을 턱이 없지. 싱크대 서랍을 차례대로 열었다. 이게 왜 여기 있지? 다른 장소에 있어야 될 물건이라 눈이 동그래진다. 이때 주의할 점 하나, 동선을 생각한답시고 주방용품을 함부로 옮기지 말자. 바쁜 아침에 요리하던 주인이 뒷목을 잡을 수도 있으니. 자기 부엌이 아니면 사용한 물건은 그 자리에 놔두는 게 두루두루 신상에 이롭다. 면보 대신 무엇으로 대처할까 고민하다가 커피 종이 필터를 꺼냈다. 네 개를 활짝 펴서 찜솥에 얹으니 아쉬운 대로 쓸 만했다. 밀가루를 묻힌 우엉과 꽈리고추를 한 솥 쪄서 양념간장에 버무리고 나머지 우엉은 진간장에 보들보들 졸였더니 딸이 좋아했다.

오늘은 금요일, 저녁에 라스베이거스로 출발할 예정이다. 주말을 거기서 보내는 게 어떻겠느냐고 딸이 묻기에 고양이가 없는 곳이면 어디든 천국일 것 같아서 1초 만에 승낙해버렸다. 저녁은 가는 길에 우리나라 김밥천국처럼 곳곳에 들어선 데니스 레스토랑에서 먹자고 딸이 권했지만 천만의 말씀, 냉장고에 굴러다니는 저 우메보시(매실절임)부터 처리해야 된다. 주먹밥 3인분 그까짓 것, 5분이면 뚝딱이다.

시고 떫어서 내돌린 우메보시를 칼등으로 눌러 다진 뒤 남은 우엉조림도 쫑쫑쫑 다졌다. 갓 지은 밥에 우메보시와 우엉을 넣고 단촛물(소금+식초+설탕)로 간한 뒤 동글동글 주먹밥을 만든다. 김가루와 통깨에 절반씩 굴린 다음 도시락에 담고 그 옆에는 채를 썬 단무지에 파, 마늘, 고춧가루, 참기름을 연

하게 넣어서 살짝 무친 무장아찌를 곁들였다. 혹시 몰라 아삭한 알타리 무김치도 한 병 따로 담았다. 일명 후루룩 주먹밥과 과일, 탄산수가 든 도시락 가방의 지퍼를 채우는데 현관 벨이 포로롱 울린다.

한인 타운에서 1시간 거리에 위치한 포모나에서 딸의 절친 다은을 태웠다. 미술 학원 동기인 둘은 만나자마자 참새처럼 재잘거린다. 다은은 한국에서 다니던 건축 설계 사무소가 문을 닫은 뒤 LA로 건너왔다. 어제는 개인 주택의 펜스를 오밀조밀 디자인해서 설치해줬단다. 전 같으면 거들떠보지도 않을 잔일이어서 자존심이 상한 눈치다. 딸의 꿈은 10년 차까지 현직을 유지하는 것. 경력 때문에 페이만 높고 아이디어가 고갈된 디자이너는 어디에도 설 자리가 없단다. 정해진 페이만 받고 옷이 팔릴 때마다 벌당 얼마씩 커미션을 떼어가는 건 세일즈맨들이라며 딸이 한숨을 내쉰다. 어느 분야든 오래 살아남는 게 가장 힘들다.

주말이면 라스베이거스로 가는 15번 도로가 몸살을 앓는다. 줄줄이 늘어선 차량을 보며 우리는 룰루랄라, 도시락을 꺼냈다. 쌉쌀한 우메보시와 오돌오돌한 우엉이 입천장을 자극해 자꾸 주먹밥을 부른다며 두 아이가 정신없이 먹는다. 내가 여기 온 목적이 뭔데? 니들한테 집밥을 먹이기 위해서란다. 배밀이 이후부터 먹기 시작한 간간하고 슴슴하고 매콤한 그 집밥 말이다. 별것도 아닌 게 때로는 큰 힘이 되는 법. 자, 딸들아. 다 먹었으면 단전에 힘 빡 주고 출발!

피시타코

우리가 여장을 푼 곳은 브다라 호텔 40층이었다. 짐을 풀기도 전에 나는 아이들에게 이끌려 밖으로 나왔다. 라스베이거스 명물인 분수 쇼를 보기 위해서였다. 호텔 창으로도 보이는 분수 쇼를 굳이 밖에서 볼 건 또 뭐람. 사실 이번 여행의 목적이 각기 달랐다. 딸은 먹고사는 데 지장이 없다는 것을 각인시키기 위해 저축한 돈을 아낌없이 쓸 예정이었고, 나는 벌면 얼마나 벌까 싶어서 하루 한끼는 호텔에서 해 먹자고 우겼다. 조리 시설을 완비한 5성급 호텔이 있다는 걸 사전에 알고 있었다. 식자재가 풍요로운 이곳에서 바닷가재를 잔뜩 사서 쪄 먹고, 후식으로 체리 한 바구니를 먹는 게 로망이라고 했더니 딸은 시골에서 갓 상경한 할머니 보듯 날 쳐다봤다. 우리 사이가 틀어진 건 그때부터였다.

미로처럼 연결된 호텔 통로를 지나서 광장으로 나왔을 때 나는 무기력하고 피곤했다. 라스베이거스는 초행이었지만, 영화와 드라마에서 수없이 봤던 터라 흥미롭지 않았다. 더구나 내가 가장 싫어하는 건 사람이 북적거리는 곳, 그래서 백화점에도 안 가는 사람이라는 걸 딸도 잘 안다. 그럼에도 애들이 이끄는 대로 분수 쇼를 보며 신기한 체했고, 일본관과 중국관에서 사진도 찍어주고 조잡하게 만든 베네치아 광장에서 탄성을 질렀다. 색색의 초콜릿이 폭포처럼 흘러내리는 가게에서 산 케이크도 맛나게 먹었다. 그만하면 충분하질 않은가.

다음날, 애들은 허리 잘록한 드레스를 색색으로 갖춰 입고, 나는 운동화를 신은 채 커다란 가방을 메고 덜렁거리며 다닐 때도 툴툴거리지 않았다. 미쉐린(미슐랭) 가이드북에도 나온

스타 셰프가 운영하는 '모모후쿠'라는 맛집에서 1시간이나 줄을 서 있다가 들어가 먹을 때도 아무 말 하지 않았다. 그저 홍대 앞 라멘집에도 이와 비슷한 누들이 있다고만 했을 뿐. 매니저한테 표고버섯으로 만든 번에 어떤 소스가 들어가느냐, 콩글리시로 물어봤을 뿐이다. 내 말에 낯빛이 변한 딸은 시원치 않은 영어로 너무 크게 말한다며 질책했다. 아니, 모어인 한국어만 잘하면 됐지. 영어까지 잘할 필요가 뭐 있니? 더구나 내가 왜 부끄러워해야 해? 쟤들은 우리나라 말을 전혀 못해도 부끄러워하질 않는데.

딸과 화해를 한 것은 '태양의 서커스' 공연장에서였다. 나는 공연을 시작할 때부터 넋을 잃고 무대를 바라봤다. 수중 세계에 사는 물의 마왕이 한 소녀를 납치한다. 그런데 소녀에겐 사랑하는 남자가 있다. 마왕은 갖은 노력을 하지만 소녀의 마음을 되돌리지 못한다. 그러던 어느 날 소녀가 구출되어 지상으로 돌아가 사랑하는 남자의 품에 안긴다는 그렇고 그런 헐렁한 내용이었다. 그럼에도 사자와 호랑이가 사라진 무대에

스토리를 입히자 서커스가 한층 고급스러워졌다. 수시로 변하는 고품격 무대, 수중발레와 절도 있는 기예로 인해 조금도 지루할 틈이 없었다.

우리는 전용 극장을 빠져나와 멕시코 레스토랑 'CABO WA-BO' 테라스에 앉아서 피시타코를 시켰다. 타코를 생각하면 매운 소스에 다진 소고기, 토마토, 치즈를 떠올리기 쉽지만 멕시코는 수산물이 많이 나는 지역이다. 연어와 태평양 병어, 게살 가운데 가늘게 찢은 게살 타코를 선택했다. LA에도 '엘타리노'라는 유명 타코집이 있다. 그 집의 일품 음료인, 식혜처럼 생긴 약간 달콤한 '오르차타'가 그리웠지만 시원한 맥주로 아쉬움을 달랬다.

"라스베이거스 어때?" 딸이 물었다. "퇴폐와 활력이 겹친 묘한 도시로구나." "그렇지? 그러니까 엄마도 소설의 자장을 조금 더 넓혀봐. 아까 본 태양의 서커스처럼." 피시타코 접시 앞에서 딸과 나는 진심으로 한마음이 되었다. 그때 붉은 드레스

로 갈아입은 다은이 다가와 건배를 하자고 외쳤다. 그래, 중간에 껴서 내내 불편했을 다은아. 우리 다 같이 건배하자꾸나. 다가올 내일을 위해!

그린커리

휴일이면 인근 명소 라치몬트 거리로 산책을 나간다. 가깝기도 하거니와 베이글과 마카롱, 아이스크림을 파는 가게가 올망졸망 늘어서 있어 눈이 즐겁다. 짙푸른 하늘과 시원하게 뻗은 야자수, 야외 테이블에서 브런치를 먹는 가족도 두어 팀 보인다.

"엄마, 가게들 멋지지?"

"강남 가로수길에도 이런 가게 많아. 성산에 들어선 호텔 '플레이스 캠프 제주'의 카페와 식당들도 세련됐더라. 분위기가 이와 비슷했어."

"그곳에 개 간식통은 없을걸."

그러고 보니 비스킷이 든 간식통이 거리 곳곳에 놓여 있다. 동물과 약자를 배려하는 점은 본받아야 한다고 딸이 힘주어 말한다. 뭐, 미국이 약자를 배려한다고? 일순 내 눈빛이 날카로워진다.

날 선 공방이 시작될까봐 우리는 서둘러 주택가로 들어선다. 정성껏 가꾼 정원과 독특한 건축물을 구경하며 주인의 취향을 짐작도 한다. 그러나 집주인은 정원을 내다볼 시간조차 없을 것이다. 미국은 직위가 높을수록 일하는 시간이 길다. 그 점은 합리적이다.

"한국에 언제 올 거니?"

내 말에 딸이 머뭇거린다. 'LA 스타일'이라는 게 있다. 부족한 천으로 만든 것처럼 가슴과 등이 군데군데 파인 대담한 옷이다. 옛날 공단 이불에 그려져 있을 법한 커다란 꽃이 날염된 블라우스를 입은 사람을 보면 솔직히 그 심사가 궁금해진다. 반면 한국은 점잖은 옷이 먹힌다. 딸은 LA 스타일이 겨우 손에 익었는데 포기하고 돌아가는 건 말이 안 된다는 표정이다. 한국에서 다시 시작하는 것도 불안하고 나이도 많단다. 이제 갓 서른일 뿐인데……

거리가 온통 보라색 꽃으로 덮였다. 가로수로 심은 자카란타 나무에서 꽃잎이 하르르 떨어지고 있다. 숨이 멎을 것 같다. 5월의 자카란타가 이토록 고혹적일 줄이야……

"이 꽃 수입하면 어떨까? 통영 혹은 남해에 심어도 좋을 텐데."

"참, 엄마도…… LA의 햇빛 때문에 자카란타가 아름다운 거야."

그렇지. 반 고흐가 남프랑스 아를을 사랑한 이유도 햇빛 때문이었지. 저 햇빛까지 수입할 수는 없을 것이다. 그 자리, 그곳에 있을 때 유독 빛나는 것들이 있다. 명도와 채도, 난 그걸 간과했다.

태국 식당 'hae ha heung'에서 늦은 점심을 먹었다. 음료는 핑크레모네이드를, 식사는 뚬얌꿍과 그린커리로 주문했

다. 커리 속에는 보랏빛 가지와 새우, 코코넛과 할라피뇨 고추가 들어 있고 파삭파삭한 크루아상이 딸려 나왔다. 단맛 나는 커리라니…… 또 그걸 빵에 찍어서 맛나게 먹는 딸이 낯설었다. 나는 딸을 다 안다고 생각했다. 그럴 수밖에 없는 것이, 우리는 서로 많이 닮았다. 얼굴 생김새와 신체 사이즈, 피부까지.

"엄마는 녹색 카레가 이상해."

"왜?"

"카레는 당연히 맵고 노란색이어야 한다고 생각했었거든. 녹색이면 큰일나는 줄 알았어."

폭소를 터뜨리는 딸을 쳐다보며 나는 천천히 커리를 떠먹는다. 빵과 함께 먹으려니 목이 막힌다. 안남미로 지은 찰기 없는 밥이 그립다. 딸과 근거리에서 살고 싶은 마음은 이쯤에서 접어야겠다. 곁에 둔다고 해도 일에 치여 돌보지 못할 것이다. 시원섭섭, 이라는 말은 이럴 때 쓰라고 생긴 모양이다. 다 자라 내 품을 떠난 딸이 시원하면서도 못내 섭섭하다.

족발냉채

작가들과 본명 맞히기 게임을 한 적이 있다. 앉은 순서대로 돌아가다가 한 바퀴를 돌기도 전에 포복절도하고 말았다. 본명을 알고부터 근엄하고 차갑기만 한 선배한테 개구쟁이 같은 일면이, 도회적이고 세련됐으나 깍쟁이 같은 동료에게는 따뜻하고 순박한 마음씨가 숨겨져 있는 걸 발견했다. 작가들이 이름을 바꾸는 계기는 다양하다. 이미지 관리 때문에 출판사에서 권하는 경우도 있고 선배와 같은 이름이라서 바꾸기도 한다. 요즘은 시절이 변해 일부러 촌스럽고 유치한 이름을 골라 필명으로 쓰는 신인도 있다.

딸도 이름이 두 개다. 한문으로 지은 본명과 직장 동료들이 미국식으로 부르는 이름. 딸은 미국에서 불리는 자기 이름이 웨이트리스 이름 같다고 늘 툴툴댄다. 내 이름도 여기서는 '하아알리쑤'로 불린다. 십수 년 전에 친정어머니가 뉴저지의 한 병원에 입원한 적이 있다. 나는 '강수향'이라는 이름을 찾지 못해 한참 헤매고 다녔다. 차트에 어머니 이름이 없었던 것이다. 나중에 알고 보니 '향'을 발음하지 못해 '캥수'로 등록되어 있었다. 무슨 짐승 이름도 아니고 '캥수'가 뭔가 싶었다.

LA에 두 달 머무르며 이웃과 사귀게 되었다. 아파트 한 층에 두 개씩 있는 공동 세탁장을 이용하면서 옆집 신혼부부와 친해졌고, 앞집에 사는 아들 또래 남학생 두 명은 음식을 나눠 주며 자연스레 트고 지냈다. 나는 아줌마다운 오지랖과 넉살로 무장한 채 낮이면 굳게 닫힌 현관문을 열고 나와 슬금슬금 이웃을 불러들였고 앞집 남학생들을 따라 UCLA 캠퍼스에 놀러가기도 했다. 하여 3층짜리 이 아파트 주인이 유대인이라는 것, 구조와 평수가 집집마다 다르다는 것, 어느 마켓의 어떤 물건이 싸고 좋은지도 금방 알게 되었다.

며칠 동안 두문불출했더니 옆집 새댁이 문을 두드렸다. 무슨 일이 있는가, 물었다. 감기 기운이 있었는데 다 나았다고 했더니 잠깐만요, 하곤 자기집으로 쪼르르 달려갔다. 그러곤 이내 돌아오더니 비닐 랩으로 싼 족발을 여러 덩어리 내밀었다. 딸아이가 갓난쟁이일 적에 젖이 돌지 않아 사흘 간격으로 허여멀건한 족탕을 들이켠 적이 있다. 그때 물린 후로 족발은 입에 대지 않는다.

한데 새댁이 준 것은 한눈에도 먹음직스러웠다. 칼로 자르니 속살이 선명한 분홍색이다. 그 자리에서 새우젓 양념에 찍어 먹었더니 쫄깃한 식감이 그만이다. 기름기가 쪽 빠진 것이 고수의 솜씨가 분명하다. 없는 게 없는 한인 타운이지만 족발은 여기서도 귀하다. 절반 정도를 숭숭 썰어서 불린 해파리와 적채를 넣고 겨자를 풀어 족발냉채를 한 양푼 만들었다. 옆에서 새댁이 시원해 보인다며 입맛을 짭, 다신다.

족발냉채

먹다보니 족발이라는 단어가 궁금해진다. 국어사전에는 "각을 뜬 돼지의 발"이라고 적혀 있다. 족발의 시초는 중국이다. 오향장육에서 비롯된 것이다. 일설에 의하면 '쪽발'에서 유래되었다고 한다. 돼지 발의 굽이 두 개로 크게 갈라져 '쪽발'이라 불렸고, 일본인이 즐겨 신던 다비(게다 속에 신는 양말)가 돼지 발굽과 닮은 것을 보고 선조들이 '쪽발'이라고 비아냥거렸다. 일제강점기, 수탈과 착취가 심해질수록 술안주로 족발의 인기가 하늘을 찔렀다. 족발을 물고 있으면 그들을 물어뜯는 듯한 쾌감을 느낀 모양이다. 일종의 소소한 복수였다.

내가 농민 수탈사를 더듬는 사이에 새댁은 접시에 냉채를 고루 나눠 담았다. 새댁 신랑, 딸, 앞집 남학생 둘의 몫으로 제각각. 이들은 나를 '누구 아줌마'라고 부른다. '누구 엄마'라고 하기에는 나이가 많아서다. 내가 여기 와서 잘한 일이 있다면 딸한테 한국인 이웃을 만들어준 것, 딸의 본명을 되찾아준 일이다. 이제 딸은 몸살감기로 싸매고 누워 있어도 외롭지 않을 것이다. 누군가는 문을 두드릴 테고 미음을 쑤어다 주기도

할 것이다. 그러면 아이는 자신이 디자인한 옷을 나눠줄 테지.

이웃이란 그런 것이다. 언제 들어도 참 좋은 우리말, 이웃.

아는 사람만
끼리끼리 먹는

ⓒ이현수 2018

초판 1쇄 인쇄 2018년 11월 20일
초판 1쇄 발행 2018년 11월 30일

지은이 이현수
펴낸이 김민정
편집 김필균 유성원 도한나
디자인 한혜진
마케팅 정민호 박보람 나해진 우상욱
홍보 김희숙 김상만 이천희
제작 강신은 김동욱 임현식
제작처 영신사

펴낸곳 난다
출판등록 2016년 8월 25일 제406-2016-000108호
주소 10881 경기도 파주시 회동길 210
전자우편 blackinana@gmail.com / **트위터** : @blackinana
문의전화 031-955-2656(편집) 031-955-8890(마케팅) 031-955-8855(팩스)

ISBN 979-11-88862-27-6 03810